चंद्रनाथ

शरत्चन्द्र चट्टोपाध्याय

वाणी प्रकाशन

वाणी प्रकाशन

ज्ञान के विविध आयामों के प्रकाशक

वाणी प्रकाशन का 'लोगो' विख्यात चित्रकार मक़बूल फ़िदा हुसेन की कूची से

वाणी प्रकाशन, 4695, 21-ए, दरियागंज, नयी दिल्ली-110002

वाणी प्रकाशन, अशोक राजपथ (पटना कॉलेज के सामने), पटना (बिहार)

CHANDRANATH

by Sharat Chandra Chattopadyaya

ISBN : 978-81-8143-892-8

आवृत्ति : 2010

मूल्य : 75/-

वाणी प्रकाशन

फोन : 0091#11#23273167, 23275710

फैक्स : 0091#11#23275710

वेबसाइट : www.vaniprakashan.in

ई-मेल : vaniprakashan@gmail.com

vani_prakashan@yahoo.com

मेहरा ऑफसेट प्रेस द्वारा दिल्ली-110002 में मुद्रित

चंद्रनाथ

वाणी प्रकाशन

21-ए, दरियागंज, नयी दिल्ली-110002

फोन : 011-23273167, 23275710, 41562622

फैक्स : 011-23275710

e-mail : vani_prakashan@yahoo.com

vaniprakashan@gmail.com

website : vaniprakashan.com

दो शब्द

चंद्रनाथ था एक भावुक युवक। भावुकतावश उसने एक गरीब मां की लड़की सरयू से शादी कर ली। कुछ दिनों बाद यह डर हुआ कि समाज सरयू को अपवित्र कर देगा। उसका अपराध यही था कि उसकी मां एक लंपट नवयुवक के प्रेम में फंसकर भाग आई थी। इसलिए वह वेश्या थी और सरयू हुई वेश्या की लड़की।

चंद्रनाथ ने जब सुना, तो समाज के भय से वह सरयू का परित्याग कर देने को राजी हो गया। सरयू दया और प्रेम की मूर्ति थी। उसका संस्कार ऐसा था कि पति पर वह ईश्वर जैसी श्रद्धा-भक्ति रखती थी। पति की आबरू पर वह आंच नहीं आने देना चाहती थी। इसीलिए उसने स्वयं जहर खा लेने का प्रयास किया। किंतु समय पर वह ऐसा न करने के लिए मजबूर हुई, क्योंकि वह मां बनने वाली थी।

फिर सरयू की सहनशीलता के सामने सबको झुकना पड़ा। अंत में चंद्रनाथ की हिम्मत हुई, और वह सरयू को घर ले गया—जो बहिष्कृत होने के कारण काशी चली कोई थी। किसी पर कोई आंच नहीं आई।

लेकिन पिस गए बेचारे कैलाश इस झगड़े में। कैलाश काका का कोई अपना नहीं था और न अपना कहने वाला। यदि कोई था भी, तो

वह थी उसकी शतरंज की पोटली। सरयू वेश्या की लड़की थी, इसलिए उसे किसी ने जगह न दी थी। कैलाश काका उसे अपने घर ले गए, और उसके बेटे विशु के प्यार में इतने फंस गए कि उससे अलग होकर रह ही न सके, मर गए।

इस पुस्तक में 'बोझ' नामक बड़ी कहानी भी है, जो एक ऐसे युवक की कहानी है–जिसकी नवविवाहिता पत्नी हैजे से पीड़ित हो, उसके सुख-स्वप्न को भंगकर, अपने सास-ससुर को अश्रु-प्रवाह में बहने को छोड़ जाती है। प्रियजनों के कहने पर वह दूसरा विवाह नलिनी से करता है। नलिनी सुंदर तो है ही; बुद्धिमती भी है। उसे पाकर भी सत्येंद्र अपने सिर पर बोझ का अनुभव करता है। नलिनी पति को हर प्रकार प्रसन्न देखना चाहती है। वह जानती है कि वे सरला–अपनी पहली पत्नी–को नहीं भूले। वह अपने पति की व्यथा की भागीदार हो गई। पति ने उसके साथ उपेक्षा का व्यवहार छोड़ दिया। लेकिन शीघ्र ही भयंकर कोलाहल करती हेम आ पहुंची। वह उसकी बालापन की सहेली है। वह उसे बलात् अपने घर लिवा ले जाती है, और जब नलिनी घर लौटती तो बड़ी देर हो जाती है। सत्येंद्र असुविधा अनुभव कर उससे विरक्त हो गए। बात बहुत बढ़ गई। एक दिन भाई के साथ नलिनी अपने मायके चल दी, तो फिर लौटकर नहीं आई। पति ने तीसरा विवाह किया, उसने अमूल्य उपहार भेजा तो दुःसह बोझ से सत्येंद्र छटपटाने लगे।

–प्रकाशक

पिता के श्राद्ध के एक दिन पहले ही, किसी बात को लेकर अपने चाचा मणिशंकर मुखोपाध्याय के चंद्रनाथ का मतभेद हो गया। इसका फल यह हुआ कि दूसरे दिन मणिशंकर ने अपने बड़े भाई का तमाम पारलौकिक कार्य तो अपनी देख-रेख में कराया; परंतु अन्न का एक कण भी न तो खुद स्पर्श किया, और न परिवार के किसी आदमी को ही स्पर्श करने दिया। ब्राह्मणों के भोजन कर लेने के बाद चंद्रनाथ ने हाथ जोड़कर कहा–'चाचा, गलती हो गई। आप मेरे पिता-तुल्य हैं, मैं आपके लड़के की तरह हूं–अबकी बार माफ कीजिए!'

पितातुल्य मणिशंकर ने जवाब में कहा–'बेटा, तुम कलकत्ता रहकर बी०ए०, एम०ए० पास करके विद्वान् और बुद्धिमान हो गए हो; और मैं शुरू का ही मूर्ख ठहरा–हमारे साथ तुम्हारी नहीं पटेगी। यही देखो न, शास्त्रकारों ने कहा है–'जैसी करनी वैसी भरनी!'

शास्त्र में कही गई बात के अनुसार आधुनिक पंडित और पुराने मूर्ख का घनिष्ठ संबंध न रहने पर भी, मणिशंकर ने अपने मन की जो भावना प्रकट की थी–चंद्रनाथ ने उसे मन-ही-मन समझकर यह प्रतिज्ञा की, कि चाचा के साथ वह अब किसी तरह का संबंध नहीं रखेगा। इसके

पिता के जीवनकाल में भी, इन दोनों भाइयों में सहृदयता नहीं थी। किंतु खान-पान चलता था। अब वह भी बंद हो गया। चंद्रनाथ के पिता काफी धन-सम्पत्ति छोड़ गए थे। किंतु घर में अपना कहने को कोई नहीं था। केवल एक संतानहीन मामा-मामी थे।

घर जब सुनसान हो गया, तो चंद्रनाथ ने एक दिन घर के गुमाश्ते को बुलाकर कहा—'महाशय, कुछ दिनों के लिए मैं बाहर जाऊंगा। जमीन-जायदाद की देखभाल आप जैसे पहले करते थे, वैसे ही कीजिएगा। शायद मैं देर से लौटूंगा!'

मामा ब्रजकिशोर ने आपत्ति की—'इस वक्त तुम्हें कहीं जाने की जरूरत नहीं। तुम्हारी तबियत ठीक नहीं है। तुम्हारा घर पर ही रहना उचित है।'

चंद्रनाथ ने एक न मानी। जमीन जायदाद का भार सरकार महाशय को सौंपकर और घर का भार ब्रजकिशोर को देकर, बिल्कुल सामान्य भाव से उसने विदेश-यात्रा शुरू कर दी। जाते समय एक नौकर को भी साथ ले लिया।

ब्रजकिशोर को अकेले में बुलाकर उनकी पत्नी हरकाली ने कहा—'एक काम नहीं किया?'

ब्रजकिशोर ने पूछा—'कौन-सा काम?'

'यह जो विदेश गए, तो कुछ लिखवा क्यों नहीं लिया? आदमी को कब क्या हो जाए—कुछ कहा नहीं जा सकता। अगर विदेश में कुछ अच्छा-बुरा हो जाए; तो तुम रहोगे कहां?'

ब्रजकिशोर के कान में उंगली डालकर, जीभ काटकर कहा—'छिः छिः, ऐसी बात जुबान पर मत लाओ!'

हरकाली नाराज हो गई। बोली—'तुम बेवकूफ हो, इसी से जुबान पर लाई— अगर चालाक होते तो जुबान पर लाने की जरूरत ही नहीं

पड़ती।'

किंतु बात ठीक थी, यह ब्रजकिशोर ने पत्नी की कृपा से दो-चार दिन में ही जान लिया। तब पश्चात्ताप करने लगे।

एक साल तक चंद्रनाथ कई जगहों में अकेले भ्रमण करता रहा। उसके बाद घर आकर स्वर्गीय पिता के लिए पिंड-दान किया। किंतु घर में रहने की इच्छा नहीं हुई—सोचा कि कुछ दिन काशी में बिताने के बाद ही कुछ किया जाएगा। काशी में मुखोपाध्याय-वंश का पण्डा था—हरिदयाल घोषाल। एक दिन दोपहर को चंद्रनाथ हाथ में केनवास का एक बैग लेकर उनके घर आ धमका। चंद्रनाथ काशी से अपरिचित नहीं था—इसके पहले भी कई बार वह पिता के साथ यहां आया था। हरिदयाल भी उसे अच्छी तरह पहचानते थे। अकस्मात् उसके इस तरह के आगमन से उन्हें कुछ आश्चर्य हुआ। चंद्रनाथ के लिए ऊपर एक कमरा खाली कर दिया गया और यह भी तय हुआ कि जितने दिनों तक इच्छा हो वह वहीं रहेगा।

इस कमरे के जंगले से रसोईघर दिखाई देता था। चंद्रनाथ बड़ी उत्सुकता से, बड़ी देर तक उधर देखता रहता। रसोई की चीजों के लिए वह उत्सुक नहीं रहता—उस रसोईदारिन को ही देखना उसे बड़ा अच्छा लगता था।

वह सुंदरी विधवा थी, किंतु मुंह जैसे दुःख की ज्वाला से दग्ध हो गया था। जवानी है कि बीत गई—यह भी जैसे भांपना मुश्किल था। वह चुपचाप उसका काम किए जाती थी। उसके साथ में एक दस वर्षीय बालिका, रसोई में सहायता देने को थी। चंद्रनाथ प्यासी आंखों से यह सब देखता रहता।

कुछ दिन तक वह चंद्रनाथ के सामने नहीं आई—भोजन रखकर चली जाती। किंतु धीरे-धीरे सामने आने लगी। एक तो चंद्रनाथ उम्र में छोटा था, इसके अलावा अधिक दिनों तक एक ही जगह पर रहने से कुछ

अपनापन भी आ जाता है। फिर तो वह चंद्रनाथ को खिलाने बैठने लगी। वह मां की तरह पास बैठकर उसे यत्नपूर्वक भोजन कराती।

अपनी मां की बातें चंद्रनाथ को याद नहीं आतीं—बचपन में ही उसकी मां मर गई थी और पालन-पोषण पिता ने किया था। मां के स्थान को पिता ने एक सीमा तक पूरा कर रखा था, किंतु उसे इतना कोमल स्नेह नहीं मिला था।

पिता की मृत्यु के कारण चंद्रनाथ के मन का जो अंश खाली पड़ गया था—केवल वही पूर्ण होने लगा हो, ऐसी बात नहीं, बल्कि एक नवीन मातृ-स्नेह-रस से वह अभिभूत होने लगा।

एक दिन चंद्रनाथ ने हरिदयाल से पूछा—'अपना कहने लायक तो कोई नहीं है; परंतु ये कौन हैं?'

हरिदयाल ने कहा—'यह ब्राह्मण की क्या है।'

'कोई संबंधी?'

'नहीं।'

'तो इन्हें पाया कहां?'

हरिदयाल ने कहा—'लम्बी कहानी है! संक्षेप में बात यह है कि कोई तीन साल हुए—पति और बेटी के साथ ये तीर्थ करने आईं। काशी में ही पति की मृत्यु हो गई। घर पर भी कोई अपना नहीं था कि वहां लौट जाएं। इसके बाद तो देखते ही हो!'

'लेकिन आपने कैसे पाया?'

'मणिकर्णिका-घाट पर यह लड़की भीख मांगती थी।'

चंद्रनाथ ने कुछ सोचकर कहा—'घर कहां है?'

'ठीक तो नहीं जानता। नवद्वीप के पास किसी गांव में है!'

दो

दो दिनों बाद, भोजन करते समय ब्राह्मण-कन्या के मुंह की ओर देखकर चंद्रनाथ सहसा पूछ बैठा—'आप किस जाति की हैं?'

ब्राह्मण-कन्या का मुंह जर्द हो गया। इस सवाल का ठीक मतलब वह समझ गई। किंतु तुरंत ही दूध लाने के लिए उठ खड़ी हुई—जैसे सुन ही न पाई हो।

दूध के लिए कोई जल्दी नहीं थी। सोचने के लिए वह रसोईघर में आ खड़ी हुई। वहां उसकी बेटी सरयूबाला दूध ढक रही थी, उसने उसके जर्द चेहरे पर कोई ध्यान नहीं दिया। मां ने एक बार बेटी के मुंह की ओर देखा, और दूध का बर्तन हाथ में लेकर, एक लम्बी सांस छोड़कर मन-ही-मन कहा—'हे दीनबंधु, हे अंतर्यामी, मुझे क्षमा करो।' चंद्रनाथ ने दूध का बर्तन लेकर, पास रखकर बैठने के बाद फिर वही प्रश्न किया।

एक-एक करके सभी बातें जान लेने के बाद, अंत में चंद्रनाथ ने पूछा—'आप लोग घर क्यों नहीं जाते? वहां क्या कोई नहीं है?'

'ऐसा कोई नहीं, जो मुट्ठीभर खाने को दे सके?'

चंद्रनाथ ने सिर नीचे करके कुछ देर तक सोचकर पूछा—'आपके एक लड़की है, उसकी शादी कैसे कीजिएगा?'

ब्राह्मण-कन्या ने लम्बी सांस दबाकर धीरे-धीरे कहा—'बाबा विश्वनाथ जानें!'

भोजन करीब-करीब समाप्त हो चला। चंद्रनाथ ने सिर उठाकर कहा—'आपकी लड़की को ठीक से कभी नहीं देखा—हरिदयाल कहते हैं कि बड़ी भली और शांत है। देखने में सुंदर है क्या?'

ब्राह्मण-कन्या के कुछ हंसकर कहा—'मैं हूं मां, और मां की आंखों का तो कोई विश्वास नहीं भाई! फिर भी शायद, सरयू बुरी नहीं है।'

मन-ही-मन बोली—काशी में तो कितने ही आदमी आते-जाते हैं, किंतु इतना रूप तो कभी नहीं देखा!

इसके तीन-चार दिन बाद, एक दिन चंद्रनाथ ने सरयू को अच्छी तरह से देख लिया। मन में हुआ कि संसार में इतना रूप और किसी का नहीं। रसोईघर में बैठी सरयू तरकारी काट रही थी। वहां कोई दूसरा नहीं था। मां गंगा नहाने गई थी और हरिदयाल हमेशा की तरह बाहर यात्रियों की खोज में।

चंद्रनाथ पास आकर खड़ा हो गया। पुकारा—'सरयू!'

सरयू चौंक गई। जल्दी से सजग होकर बोली—'जी!'

'तुम भोजन बना सकती हो?'

सरयू ने सिर हिलाकर कहा—'बना सकती हूं।'

'क्या-क्या बनाना जानती हो?'

सरयू चुप रही। बिना परिचय के कैसे इतनी बातें कहीं जाएं?

बात चंद्रनाथ समझ गया। इसी से दूसरा प्रश्न किया—'तुम्हारी मां और तुम दोनों ही यहां काम करती हो?'

सरयू ने सिर हिलाकर कहा—'हां!'

'तुम कितना मासिक पाती हो?'

'मां पाती हैं, मैं नहीं पाती हूं। केवल खाना पाती हूं।

'केवल खाने पर ही तुम काम करती हो?'

सरयू चुप रही।

चंद्रनाथ ने कहा—'अगर मैं खाना दूं, तो शायद मेरा भी काम कर दोगी?'

सरयू धीरे-से बोला—'मां से पूछूंगी।'

'हां, अवश्य पूछ लेना!'

उसी दिन चंद्रनाथ ने हरिदयाल ठाकुर से दो-एक बातें पूछकर, घर

लौटकर सरकार महाशय को पत्र लिखा–

'मैं काशी में हूं। यहीं इसी महीने में शादी करना तय कर लिया है। मामाजी से यह बात कह दीजिएगा; और आप गहने और आवश्यक रुपया इत्यादि लेकर शीघ्र आ जाइएगा।'

उसी महीने में चंद्रनाथ ने सरयूबाला से शादी कर ली।

इसके बाद घर जाने का समय आया। सरयू ने रोकर कहा–'मां का क्या होगा?'

'क्यों? हमारे साथ ही जाएंगी!'

बात ब्राह्मणी के कानों तक गई। उन्होंने बेटी को अकेले में बुलाकर कहा–सरयू, वहां जाकर तुम कभी-कभी मुझे याद कर लेना, परंतु मेरा नाम कभी जुबान पर मत लाना। जब तक जिंदा रहूंगी, काशी छोड़कर कहीं नहीं जाऊंगी; और जब कभी तुम लोग यहां आओगे, भेंट होगी।'

सरयू रोने लगी।

माता ने उसके मुंह पर आंचल देकर चुप कराया और गंभीर होकर कहा–'बेटी, लोग सुनेंगे तो सोचेंगे कि क्यों रो रही है?'

बेटी ने माता की गोद में मुंह छिपा लिया।

'कोई बात नहीं। मां के लिए ही अगर मां को भूलना हुआ, तो इससे बढ़कर मातृभक्ति क्या होगी, बेटी?'

चंद्रनाथ ने अनुरोध करने पर भी उन्होंने यही कहा–'काशी छोड़कर मैं और कहीं भी नहीं जा सकूंगी।'

चंद्रनाथ के कहा–'अगर कहीं नहीं जा सकतीं, तो स्वतंत्र होकर काशीवास ही कीजिए।'

ब्राह्मणी ने उसे भी अस्वीकार करके कहा–'हरिदयाल मुझे बेटी की तरह मानते हैं और अत्यंत विपत्ति के समय उन्होंने आश्रय दिया है–मैं भी उन्हें पिता की तरह मानती हूं–उन्हें किसी तरह भी नहीं छोड़ सकूंगी!'

चंद्रनाथ समझ गया कि वह गरीब स्वाभिमान जानती है—किसी की दया की पात्री वह नहीं बनेगी। इसलिए वह केवल सरयू को लेकर घर वापस आ गया।

यहां आकर सरयू ने देखा—विशाल भवन, कितने ही सजे-सजाए घर, कितना ही माल-असबाब—उसके विस्मय की कोई सीमा नहीं रही। उसने मन-ही-मन सोचा—कितना अनुग्रह किया है मुझ पर! कितनी दया!!

चंद्रनाथ ने इस बालिका-बहू का आदर करके पूछा—'घर-बार सब देख लिया? पसंद आया?'

सरयू ने अत्यंत लज्जित होकर, आंचल में मुंह छिपाकर सिर हिलाया। चंद्रनाथ स्त्री के मन की बात जानता नहीं चाहता था बल्कि जवाब में उसकी आवाज सुनना चाहता था। इसी से दोनों हाथों से सरयू का मुंह ऊपर उठाकर कहा—'क्या कहा, पसंद आया न?'

मारे लाज के सरयू का मुंह लाल हो गया, किंतु पति के बार-बार पूछने पर उसने किसी तरह कहा—'सब तुम्हारा है?'

चंद्रनाथ ने हंसकर बात वदलकर कहा—'हां, सब तुम्हारा है!'

तीन

इसके बाद कितने ही वर्ष बीत गए। सरयू बड़ी हो गई। पति का बहुत ख्याल रखना उसने सीख लिया है। चंद्रनाथ समझ गया है कि उसके बात करने के पहले ही सरयू उसके मन की बातें जान जाती है। अगर वह दासी होती, तो सारा संसार खोजने पर भी चंद्रनाथ को एक और वैसी दासी नहीं मिलती। किंतु महज दासी के लिए ही कोई शादी नहीं करता—स्त्री से कुछ और भी उम्मीद रखता है। मन में आता है कि स्त्री का आचरण बिल्कुल दासियों की तरह होना अच्छा नहीं। सरयू का व्यवहार बहुत

विनम्र और मधुर था—किंतु दांपत्य-सुख किसी तरह भी परिपूर्ण नहीं हो पाता था। इसी से इतने मिलने और इतने आदर-यत्न के बावजूद उन दोनों के बीच एक दूरी रह गई थी—और वह दूरी किसी तरह भी कम नहीं हो पा रही थी। एक दिन हठात् उसने सरयू से कहा—'तुम इतनी डरती क्यों हो? मैं क्या कोई बुरा व्यवहार करता हूं?'

सरयू ने मन-ही-मन कहा—'इस बात का जवाब क्या तुम खुद ही नहीं जानते हो?' इसके बाद सोचने लगी—'तुम देवता हो—कितने उच्च हो, कितने महान हो; और मैं? यह तुम आज भी नहीं जानते! तुम मेरे प्रतिपालक हो, मैं केवल तुम्हारी आश्रिता। तुम दाता हो और मैं भिखारिणी!'

उसका सम्पूर्ण हृदय कृतज्ञता से परिपूर्ण था। इसी से प्यार सिर उठाकर ऊपर नहीं उठ सका। वह अंतःसलिला की गुप्त धारा की तरह हृदय के अंततर्म प्रदेश में छिपकर बहता था—उच्छृंखल नहीं हो पाता था। उसी तरह अविराम गति से वह बहता रहा, किंतु चंद्रनाथ उसे नहीं खोज पाया- अत्यंत अभागे जैसे जीवन में कभी भगवान को नहीं खोज पाते। किंतु आज अकस्मात् वह उज्ज्वल दीपालोक में जब देख पाया कि सरयू की कमल की तरह विकसित आंखें छलछला आईं हैं—तब दयालु होकर उसने उसे नजदीक खींच लिया। सरयू ने गोद में रिार पटक दिया। चंद्रनाथ ने कहा—'रहने दो, उन सब बातों की जरूरत नहीं'—कहकर दोनों हाथों से पकड़कर स्त्री का सिर ऊपर उठा लिया। अपनी आंखों पर सरयू ने एक गरम निःश्वास अनुभव किया।

चंद्रनाथ ने कहा—'एक बार मेरी ओर देखो तो....!'

सरयू की दोनों पलकें और जोर से मिच गईं, वह किसी तरह भी नहीं देख पाई।

थोड़ी देर बाद एक लम्बी सांस छोड़कर चंद्रनाथ ने कहा—तुम बहुत डरती हो, इसी से देख नहीं सकीं सरयू; किंतु देख सकतीं तो अच्छा होता।

नहीं तो एक काम करो—मेरे उनींदे मुंह को एक बार अच्छी तरह देख लो—इस मुंह में डरने लायक कोई बात नहीं! छाती पर सोई हो, अंदर की बात क्या सुन नहीं पातीं? इसी से बहुत दुःख होता है, सरयू—तुम मुझे नहीं समझ सकीं!'

तब भी सरयू बोल नहीं सकी, केवल मन-ही-मन पति के चरणों में प्रणाम करके बोली—'मैं तुम्हारे चरणों में आश्रित दासी हूं। दासी को हमेशा दासी की तरह ही रहने दो।'

चार

चंद्रनाथ की मामी हरकाली को तिल-मात्र भी खुशी नहीं हुई। भगवान ने उसे कैसी विडंबना में डाल दिया! यह संसार बहुतों को कंटकाकीर्ण जंगल की तरह लगता है—और उन्हें प्रयास करके रास्ता बनाना पड़ता है। किसी को रास्ता मिलता है, किसी को नहीं मिलता। बहुत दिनों से हरकाली भी इस संसार-कानून में कोई सुगम मार्ग खोज रही थी। और चंद्रनाथ के पिता की मृत्यु के समय एक सुगम मार्ग मिला भी। परंतु इस आकस्मिक विवाह, चंद्रनाथ की पत्नी सरयू बहू के प्रति अत्यंत प्रेम ने जैसे उसके पाए हुए रास्ते पर एक भारी पत्थर रख दिया। हरकाली की बहन की एक पांच साल की लड़की—पिता के घर आज दस साल की हो गई है। खैर! कई वजहों से हरकाली के मन की सुख-शांति कम होने लगी।

वह आज भी वही गृहिणी है, और उसके पति ही मालिक हैं—यह सब कुछ वैसे ही है। आज तक सरयू उसी का मुंह देखती है, कोई असंतोष या अभिमान नहीं दिखलाती। देखने पर लगता है कि जैसे इस परिवार में वह कोई पराई हो। यही देखकर हरकाली के पति खुश होकर जब कहने लगते हैं— 'हमारी बहू जैसे....' तो हरकाली आंखें लाल करके धमकी देकर कहने लगती—'चुप रहो, रहने दो। जो बात समझ में नहीं आती,

वह नहीं कहते! तुम्हें सौंपने के बदले, मेरे मां-बाप अगर मेरे हाथ-पैर बांधकर पानी में डाल गए होते—तो अच्छा होता!'

ब्रजकिशोर मुर्झाया मुंह लेकर उठ जाते।

हरकाली की उम्र लगभग तीस साल की हो आई। किंतु सरयू आज भी पंद्रह साल की नहीं हुई—तब भी उसके आने के समय से ही, दोनों में मन-ही-मन झगड़ा रहा। जी-जान से कोशिश करने पर भी हरकाली की विजय नहीं हो पाती। एक मामूली लड़की की शक्ति देखकर हरकाली मन-ही-मन अवाक् रह जाती। बाहर के लोग यह बात नहीं जानते थे कि एक भीतरी झगड़े में सरयू को डिग्री मिली है—परंतु उसने डिग्री जारी नहीं की है। अपनी डिग्री को खुद ही तमादी कर लिया और विजित अंश उसे ही लौटा दिया। और यही हरकाली की हार हो गई।

हरकाली समझती थी कि सरयू कुछ भी हो पर हौवा नहीं है। अनेक बातों का भी वह सिर झुकाए ऐसा अकाट्य जवाब देती थी, कि हरकाली स्तम्भित रह जाती। परंतु हरकाली उस लड़की के साथ न तो संधि ही कर सकी, और न उसकी विजय ही मान सकी। सरयू यदि झगड़ालू होती, स्वार्थी और निर्दय होती, तो भी हरकाली कोई रास्ता खोज पाती। किंतु सरयू खुद ही उस पर इतनी दया रखती थी—कि हरकाली को दूसरों की दया के लिए फुर्सत ही न मिलती। सरयू अंदरूनी सभी बातें रागझती थी कि इस घर की मालकिन वही है—और हरकाली कोई नहीं है। इसी से बाहर स्वयं कुछ न होकर, उसने हरकाली को ही सब कुछ बना दिया था। इसी से हरकाली और भी मारे डाह के मरी जा रही थी।

केवल एक ही जगह सरयू ने अपने लिए रखी थी और वहां हरकाली किसी तरह नहीं जा पाती थी। पति के चारों ओर उसने एक ऐसी रेखा खींच दी थी कि उसके अंदर प्रवेश कर सकने पर ही चंद्रनाथ को पाया जा सकता था। इस रेखा के बाहर हरकाली जो चाहे सो करे, परंतु

इसके अंदर आने का उसे कोई अधिकार नहीं था। चालाक हरकाली अच्छी तरह समझती थी कि इस लड़की ने अपने माया-मंत्र से, उसके नख-दंत का तमाम विष खींच लिया है।

इसी तरह छः साल का लम्बा समय बीत गया। ग्यारह साल की उम्र में वह पति के घर आई थी और अब सत्रह साल की हो गई।

पांच

उम्र के सम्मान का ज्ञान जितना पुरुषों में रहता है, उतना नारियों में नहीं। पुरुषों में बहुत कुछ अलगाव रहता है—जैसे दस, बीस, तीस, चालीस, पचास, साठ इत्यादि। तीस साल का एक युवक, बीस साल के युवक को नीची नजर से देखता है। पर औरतों में ऐसी बात नहीं होती। अपने विवाह के समय तक वह बड़ी बहन, भाभी, माता, बुआ या दादी की सेवा करती है, और उनके बीच रहकर थोड़ा-बहुत जो भी सीख लेती है—इसके बाद ही बिल्कुल प्रथम श्रेणी में आ जाती हैं। तब सोलह साल से लेकर छप्पन साल तक सभी हमजोली होती हैं। कहीं-कहीं इस नियम में थोड़ा-बहुत व्यतिक्रम भी देखा जाता है, परंतु अधिकतर ऐसा ही होता है। आखिरकार चंद्रनाथ के गांव की बड़ी ननद हरिबाला में ऐसी बात देखी गई। उस दिन दोपहर को पश्चिम की खिड़की खोलकर सरयू आकाश की ओर देखती हुई चुपचाप खड़ी रही। हरिबाला एक थाली में मिठाई और जूही ही एक मोटी-सी माला लेकर हाजिर हुई। माला उसे पहनाकर बोली—'आज से तुम मेरी सहेली हुई। क्यों सखी?'

सरयू को कुछ आश्चर्य हुआ, फिर भी थोड़ा हंसकर बोली—'हां!'

'हां नहीं दीदी, सखी कहकर पुकारना होगा!'

यह चाहे आदर हो या अनादर, परंतु सरयू के जीवन में इसके पहले कभी ऐसा नहीं हुआ था। इसी से इस आकस्मिक आत्मीयता को वह

समझ नहीं सकी। क्षण-भर में ही बड़ी बहन की उम्र की एक स्त्री के गले में हाथ डालकर—'सखी' कहते हुए उसे शर्म लगती थी। परंतु हरिबाला थी, जो उसे छोड़ती ही नही थीं इसमें नवीनता हो या अस्वाभाविकता—परंतु हरिबाला ने कोई विचार नहीं किया। इसी से सरयू के मुंह से इस प्रिय संबोधन में बिलम्ब देखकर, कुछ गंभीर और उदास होकर उसने कहा—'तब मेरी माला लौटा दो, मैं कहीं और जाऊं।'

सरयू उदास हुई थी, परंतु अप्रतिभ नहीं हुई। कुछ हंसकर मधुर स्वर में बोली—सहेली खोजने?'

ननद कुछ चुप रहकर बोली—'वाह, खुब रहा! लोगों का कहना तो यह है कि बहू को बोलना नहीं आता।'

सरयू हंसने लगी।

ननद ने कहा—'तो सुनो! इस गांव में तुम्हारा एक भी साथी नहीं। बड़े आदमी का घर होने के कारण और तुम्हारी मामी के बातचीत करने के गुण के कारण कोई तुम्हारे यहां नहीं आता—यह जानती हूं। मैं तो आऊंगी ही! किंतु बिना किसी संबंध के काम नहीं चलता, इसी से आज सखी बना लिया। बुड्ढी हो गई हूं, परंतु राम-नाम की माला लेकर बैठने पर भी दिन नहीं काट पाती। मैं रोज आऊंगी!'

सरयू ने कहा—'रोज आइएगा न!'

हरिबाला गरज उठी—'क्या कहा? आप आइएगा नहीं, कहो सखी, तू रोज आना!'

सरयू हंस पड़ी—'रक्षा करो ननदजी, गले में छुरी मारने पर भी ऐसा नहीं कह पाऊंगी!'

ननद भी हंस पड़ी! बोली—'अगर ऐसी बात है तो मत कहो। किंतु तुम्हें 'तुम' तो कहना ही होगा। बोलो—सखी, तुम रोज आना!'

सरयू सिर झुकाए हंसते और लजाते हुए बोली—'सखी, तुम रोज

आया करो!'

हरिबाला की जैसे कोई आशंका मिट गई। उसने कहा—'आऊंगी।'

दूसरे दिन से हरिबाला रोज ही आती, सैकड़ों कामों के रहने पर भी एक बार हाजिरी दे जाती। धीरे-धीरे यह संबंध घनिष्ठ हो आया। बाद में सरयू भी भूल गई कि हरिबाला उसकी हमउम्र नहीं है। बल्कि ऐसी दोस्ती सबमें नहीं होती।

कह नहीं सकता कि यह दोस्ती हरकाली को कैसी लगती थी। परंतु चंद्रनाथ को अच्छी लगती थी। इस विषय में पत्नी के साथ उसकी अक्सर ही बातचीत होती। दीदी की इस सहायता से उसे खुशी होती। एक वजह और थी—चंद्रनाथ स्त्री को बहुत स्नेह करता था। सम्पूर्ण हृदय से प्यार न करने पर भी स्नेह की कमी नहीं थी। वह सोचता कि सबकी किस्मत में एक तरह की पत्नी नहीं होती। किसी की स्त्री नौकरानी होती है, किसी की दोस्त होती है, और किसी की मालिक। उसकी किस्मत में अगर एक पुण्यवती, पवित्र, साध्वी और स्नेहमयी दासी मिली है—तो उसे दुःखी होने से क्या फायदा? और सबसे बढ़कर, एक बात हमेशा उसे याद रहती—और वह थी सरयू के विगत जीवन की कहानी। उसका बचपन बहुत दुःख में बीता है। दुखिया की बेटी होने के कारण वह या तो जीवनभर दुःख झेलती रहती, या किसी अभागे दुश्चरित्र के हाथ पड़कर जिंदगीभर आंसू बहाती, या दासी का काम करके सैकड़ों तकलीफें भोगती। इसके अलावा खूबसूरत होने के कारण नरक के मार्ग में भी जा सकती थी—यह सब हुआ?

ये सब बातें मन में आते ही चंद्रनाथ अत्यंत करुणा से, सरयू का लज्जित मुंह ऊपर उठाकर पूछता—'अच्छा, सरयू, अगर मैं तुम्हें न देखता, शादी नहीं करता—तो तब तक तुम किसके पास रहतीं?'

सरयू जवाब नहीं देती, डरकर पति की छाती के पास सरक आती।

चंद्रनाथ स्नेहपूर्वक उसके माथे पर हाथ रख देता, जैसे साहस देकर मन-ही-मन कहता—'डर क्या है?'

सरयू और नजदीक आ जाती। इन सब बातों से सचमुच उसे बहुत डर लगता। चंद्रनाथ यह समझते ही उसे अपनी छाती में खींच लेता और कहता—'डरो मत! तुम्हारा जन्म दुखिया के घर कैसे हुआ—नहीं जानता; किंतु मेरे जन्म-जन्मांतर की पतिव्रता स्त्री तुम्हीं हो! संसार में तुम जहां-कहीं भी रहतीं, मुझे जाना ही होता। तुम्हारे अज्ञात आकर्षण से ही मैं काशी गया था, सरयू!'

उस समय उसके हृदय के भीतर से जिस भाव का स्रोत बह आता, उसकी तुलना में सरयू का समस्त स्नेह, प्रेम, यत्न और भक्ति शायद, एक साथ भी नहीं टिक पाता। किंतु चंद्रनाथ के अंतर्तम में, उस दुखी लड़की से शादी करके जो गर्व और तृप्ति चुपचाप प्रवेश कर गई—लाख कोशिश करने पर भी उसका उच्छेद वह नहीं कर पाता। हृदय के किसी अज्ञात, अंधकार भरे कोने में आज भी वह भावना है। इसी से जिस क्षण वह सिर उठा लेती है, उसी क्षण चंद्रनाथ सरयू को अपनी छाती में खींच लेता है और बार-बार कहने लगता है—'मुझे बड़ा आश्चर्य होता है कि अब भी तुम मुझे नहीं पहचान पाई! मैंने तो तुम्हें काशी में देखते ही पहचान लिया कि तुम मेरी हो—युग-युग से, जन्म-जन्मांतर से तुम मेरी हो! पता नहीं, कैसे हम अलग हो गए थे, और अब मिल गए हैं।'

सरयू उसकी छाती में मुंह छिपाकर मधुर स्वर से कहती—'क्या कहते हो, पहचान नहीं पाई?'

मारे उत्साह के चंद्रनाथ, सरयू के लज्जित मुंह को अपने मुंह के पास खींचकर कहता—'पहचान पाई तो इतना डरती क्यों हो? मैं कोई दुर्व्यवहार तो करता नहीं—मैं तो तुम्हें अपने से अधिक प्यार करता हूं, सरयू!'

सरयू फिर पति की छाती में मुंह छिपा लेती। चंद्रनाथ फिर पूछता—'बतलाओ, क्यों डरती हो सरयू?'

सरयू फिर जवाब नहीं दे पाती। पति का स्पर्श कर झूठी बात वह कैसे मुंह पर लाएगी, कैसे कहेगी कि नहीं डरती? वह सचमुच उससे डरती है। यह कितना बड़ा सत्य है, कितना बड़ा डर है—इसे उसके अलावा और कौन जानता है?

क्या कह गया मैं! हरिबाला के आगमन से चंद्रनाथ को खुशी होती। सरयू को एक सखी मिल गई है। दोनों को अपने मन की बातें कहने के लिए आदमी मिल गया है—यही चंद्रनाथ के आनंद की वजह थी।

एक दिन सरयू सारी दुपहरी हरिबाला की प्रतीक्षा करती रही। आकाश में बादल घिरे थे। टप-टप बारिश हो रही थी। हरिबाला नहीं आई। सरयू से सोचा—शायद, बारिश की वजह से नहीं आई। मिनट-मिनट करके सारा दिन गुजर गया, हरकाली भी घर में नहीं है। सरयू ने तब साहस करके, धीरे-धीरे पति के पढ़ने के कमरे में प्रवेश किया। बिना किसी खास मकसद के, इस कमरे में कोई नहीं आता। सरयू भी नहीं आती। चंद्रनाथ ने किताब पर से मुंह उठाकर कहा—'आज शायद तुम्हारी सखी नहीं आई?'

'नहीं।'

'शायद इसी से मेरी याद आ गई।'

सरयू कुछ हंसी—मतलब ये कि याद हमेशा आती है, परंतु हिम्मत नहीं होती। सरयू ने कहा—'शायद पानी की वजह से नहीं आई।'

'शायद नहीं। आज चाचा की छोटी लड़की निर्मला को आशीर्वाद दिया गया। शीघ्र ही शादी होगी। शायद दीदी भी वहीं गई है।'

सरयू ने कहा—'शायद, हां।'

इसके बाद चंद्रनाथ कुछ देर तक चुप रहकर बोला—'दुःख होता है कि हम बिल्कुल पराए हो गए! मामी कहां है?'

'शायद वह अभी वहीं हैं।'

चंद्रनाथ चुप होकर सोचने लगा।

सरयू ने धीरे-धीरे पास आकर, बैठकर कहा—'क्या सोच रहे हो?'

चंद्रनाथ ने एक बार हंसने की कोशिश करते हुए, सरयू का हाथ अपने हाथ में खींचकर कहा—'कोई खास बात नहीं सरयू! सोचता था कि निर्मला की शादी है, और चाचा ने एक बार खबर भी नहीं दी, केवल मामी को ही बुला ले गए। मानो केवल हम दोनों ही पराए हैं!'

उसकी आवाज में कुछ कातरता थी। सरयू ने उसे लक्ष्य करके कहा—'अपने पैरों में मुझे जगह देकर ही और पराए हो गए हो। नहीं तो अब तक तो मेल हो गया होता!'

चंद्रनाथ ने हंसकर कहा—'मेल होने का कोई काम नहीं! तुम्हारे न रहने पर चाचा के साथ मेल करके मैं सुखी नहीं होता। मैं अच्छी तरह हूं। शादी करते वक्त अगर मैं चाचा की राय लेता, तो शायद तुम्हें कभी नहीं पाता—कोई बाधा अवश्य आती। जाति या खानदान के बहाने जैसे भी होता।, यह शादी टूट जाती।'

भीतर-ही-भीतर सरयू सिहर उठी। शाम हो गई थी और घर में अंधेरा छा गया था, इसी से उसका चेहरा दिखाई नहीं दे सका। किंतु जो हाथ चंद्रनाथ के हाथ में था, उसी के सिहर जाने के कारण—सरयू के मन की सम्पूर्ण बातें चंद्रनाथ के सामने प्रकट हो गईं। चंद्रनाथ ने हंसकर कहा—'अब मैं समझ गया कि उसकी राय न लेकर अच्छा किया या बुरा!'

सरयू ने कुछ चुप रहकर कहा—'कौन जाने, मेरे जैसी सैकड़ों-हजारों दासियों की तुम्हें कमी नहीं होती!'

चंद्रनाथ ने सरयू के कोमल हाथों को स्नेह से कुछ दबाकर

कहा—'पता नहीं! मेरी एक ही दासी है, और उसी की कमी की बात सोच सकता हूं। इच्छा हो तो सैकड़ों-हजारों की बात तुम सोचो।'

दूसरे दिन हरिबाला आई, किंतु चेहरे का भाव कुछ भिन्न था। झट से गले लगकर उसने सखी-सखी कहना शुरू किया। ताश खेलने के लिए भी उसने आज मना नहीं किया, मौन रही।

सरयू ने कहा—'कल सखी नहीं दिखाई दीं।'

'हां दीदी, कल, बहुत काम था! उस घर में निर्मला की शादी है।'

'सो तो सुन चुकी हूं। सब ठीक हो गया?'

हरिबाला ने उस बात का जवाब न देकर, सरयू के मुंह की ओर देखकर कहा—'सखी, एक बात सच बतलाओगी?'

'कौन-सी बात?'

'अगर सच कहो तो पूछूं—नहीं तो पूछने से कोई फायदा नहीं।'

सरयू चिंतित हो गई। बोली—'सच क्यों नहीं कहूंगी?'

'देखो दीदी, मुझ पर विश्वास तो करती हो?'

'क्यों नहीं?'

'तो बताओ—चंद्रनाथ तुम्हें कितना प्यार करता है?'

सरयू कुछ लज्जित हो गई, बोली—'बहुत दया करते हैं!'

'दया की बात नहीं। बहुत ज्यादा प्यार करते हैं या नहीं?'

सरयू हंस पड़ी। बोली—'बहुत अधिक या कम, कैसे जानूंगी?'

'सचमुच नहीं जानतीं?'

'नहीं!'

सचमुच सरयू यह नहीं जानती। हरिबाला जैसे बड़े चक्कर में पड़ गई। सिर हिलाकर बाली—'स्त्री नहीं जानती कि उसका पति कितना प्यार करता है—यही मुझे भय लगता है!'

हरिबाला का चेहरा शंकित था। यह देखकर सरयू भी शंकित हो

गई। बोली—'डर किसका?'

'इसे किसी और दिन पूछना?'

इसके बाद उसकी ठुड्डी पकड़कर मधुर स्वर में बोली—'इतना रूप, इतना गुण, और इतनी बुद्धि लेकर क्या इतने दिनों तक घास काटती रहीं?'

सरयू हंस पड़ी।

छः

तब भी बात जाहिर नहीं हुई। हरिदयाल घोषाल को संदेह में प्रसन्नता थी। फटे-पुराने कपड़े पहने थे, पर भले आदमी की तरह दीखते थे और आज दो-तीन दिनों के ब्राह्मणी सुलोचनादेवी के साथ गुप्त परामर्श कर रहे थे। सुलोचना सोचती—हरिदयाल यह नहीं जानता। किंतु वह जान गया था।

आज दोपहर को दयाल ठाकुर और कैलाश चाचा, बैठकर शतरंज खेल रहे थे, तभी आंगन में कुछ गोलमाल हो गया। कोई मधुर स्वर से कातर होकर दया की भीख मांग रही है, किंतु दूसरा कर्कश स्वर से बुरी तरह फटकार रहा है और धमकी दे रहा है। एक स्त्री है और एक पुरुष। दयाल ठाकुर ने कहा—'काका, किसके घर गोलमाल हो गया?'

कैलाश काका ने कहा—'किश्त! सम्भालो बाबाजी!'

चुपचाप कुछ क्षण बीत गए। भीतर का झगड़ा बढ़ता देखकर दयाल ठाकुर उठ खड़े हुए—'काका, जरा बैठो, मैं देख जाऊं!' काका ने उसकी कमीज का छोर पकड़कर कहा—'अबकी मात!'

दयाल ठाकुर फिर बैठ गया। किंतु झगड़ा किसी तरह कम नहीं हुआ, तब दयाल ठाकुर उठ खड़ा हुआ। आंगन में आकर देखा—सुलोचना उस आदमी के दोनों पैर पकड़े है। वह दबे गले से कह रहा है—'मेरी बात मान लो—नहीं तो जो कहता हूं, वही करूंगा!'

सुलोचना रो पड़ी—'मुझे क्षमा करो! तुमने बिल्कुल सर्वनाश कर दिया। जो कुछ रह गया है, उसका नाश मत करो!'

उसने कहा—'तुम्हारी लड़की बड़े घर में पड़ी है, दो हजार रुपया नहीं दे सकतीं? मैं रुपया पाते ही चला जाऊंगा।'

सुलोचना ने कहा—'तुम हो मतवाले, दुश्चरित्र! दो हजार रुपए तुम्हारे लिए कितने दिन के हैं? तुम फिर आओगे। मैं किसी तरह तुम्हें रुपए नहीं दूंगी!'

'मैं शराब छोड़ दूंगा। व्यवसाय करूंगा और फिर कभी तुम्हारे पास रुपया मांगने नहीं आऊंगा।'

सुलोचना ने उस बात का जवाब न देकर, जमीन पर माथा पटकते हुए, हाथ जोड़कर कहा—'दया करो! रुपऐ के लिए मैं सरयू से अनुरोध नहीं कर सकूंगी।'

दयाल ठाकुर नजदीक आकर खड़े हो गए हैं—यह किसी ने नहीं देखा। इसी से ये बातें जोर-जोर से होती रहीं। दयाल ठाकुर अब पास आकर खड़े हो गए। सहसा दोनों चौंक गए। दयाल ठाकुर ने इस अपरिचित आदमी के पास आकर कहा—'किसके हुक्म से तुम घर में आए?'

वह आदमी पहले तो ठिठककर खड़ा रहा, परंतु उसके बाद जब समझा कि आना ठीक नहीं हुआ—तब वहां से सरक जाने का उपक्रम करने लगा। जोर से उसको पकड़कर हरिदयाल ने तेज आवाज में कहा—'किसके हुक्म से?'

उसके मुंह से शराब की बू आ रही थी और सर्वांग से नीचता और दुराचार टपकता था। दयाल ठाकुर ने घृणा से होंठ काटकर, उसी तरह तेज स्वर में पूछा—'मैं पूछता हूं—किसके हुक्म से?'

'हुक्म कैसा?'

उस आदमी के चेहरे का भाव बदल गया। सहसा उसे याद हो आया कि अपनी प्रेमिका पर उसका जोर है, और इस घर पर भी उसका कुछ दावा है। दयाल ठाकुर इस तरह के जवाब से चिढ़ गया और क्रुद्ध होकर बोला—'मतवाले बेटा! जानते हो, तुम्हें अभी जेल भेज सकता हूं?'

उसके हंसी उड़ाते हुए कहा—'जानूंगा कैसे?'

दयाल ठाकुर मारने को उद्यत हो गए—'जानूंगा कैसे? चल बेटा, अभी पुलिस को दूंगा!'

उस आदमी ने थोड़ा हंसकर ऐसा भाव प्रदर्शित किया, जैसे पुलिस में जाने से उसे विशेष आपत्ति नहीं है कहा—'अभी दोगे?'

दलाय ठाकुर ने धक्का देकर कहा—'अभी!'

उस आदमी ने धक्का संभालकर स्थित होकर, गंभीर भाव से कहा—'ठाकुर, एकबारगी इतनी ताकत मत दिखाओ। पुलिस में, या थाना में अविलम्ब दे दो। मैं तुमसे काशी छुड़ा सकता हूं, जानते हो?'

दयाल ठाकुर पागल की तरह चिल्ला पड़े—'बेटा पाजी, आज चालीस साल से मैं काशी में रह रहा हूं—और अब तुम काशी छुड़वा दोगे?'

उन्होंने सोचा कि यह आदमी उन्हें गुण्डों का भय दिखला रहा है। दूसरों को इससे डर होता, परंतु बहुत दिनों से काशीवास करने वाले दयाल ठाकुर को भय नहीं था। बोले—'बेटा, मुससे गुण्डागीरी करोगे?'

'गुण्डागीरी नहीं, ठाकुर—गुण्डागीरी नहीं! पुलिस में चलो, वहीं सब बातें खुलेंगी!!'

'कौन-सी बात खुलेगी?'

'जो जानता हूं! जिससे तुम काशी छोड़कर जाने का रास्ता नहीं पाओगे!! जिससे देश भर के लोग सुनेंगे कि तुम जातिच्युत अब्राह्मण हो!!!'

'मैं और अब्राह्मण?'

'गुस्सा न करो, ठाकुर! तुम जातिच्युत हो। केवल यही नहीं, तुम पर विश्वास करके जितने भद्र संतान तुम्हारे पास आए हैं, और इन तीन सालों में तुमने जितने लोगों को अपना अन्न बेचा है—वे सभी जातिच्युत हो गए हैं। सबसे ही मैं यह बात कहूंगा!'

दयाल ठाकुर डर गए! डरने की असल वजह जानने के पहले ही उनका उद्धत कंठस्वर नरम पड़ गया। फिर भी कहा—'मैंने लोगों की जाति मारी है?'

'हां! और साबित करने का भार भी मुझ पर है।'

ठाकुर ने नरम होकर, कंठ-स्वर कुछ ढीला करके कहा—'कौन-सी बात है? जरा बताओ तो बाबू!'

उस आदमी के मधुर हंसी हंसकर कहा—'अकेले में सुनोगे या दस-पांच आदमियों को बुला लोगे? मैंने कहा—दो-चार आदमियों को बुला लो। मुहल्ले के दो-चार आदमियों के सामने बात कहना ठीक होगा!'

दयाल ठाकुर ने उसका हाथ पकड़कर कहा—'गुस्सा मत करो बाबू! अचानक मैंने गलती कर दी। बुरा मत मानो। आओ, घर चलो!'

उसने कहा—'सुलोचना—जिसके हाथ से आपका भोजन तैयार होता है, उसे आपने कहां पाया?'

'यहीं पाया है! दुःखी लड़की है, इसी से आश्रय दिया है। ढाका वाले आदमी को भी आश्रय दिया था, परंतु उसकी बास छोड़िए!'

'किंतु वह किस जाति की है—इसका भी पता लगाया?'

दयाल ठाकुर का सम्पूर्ण मुखमंड़ल एकबारगी लाल हो गया। उन्होंने कहा—'ब्राह्मण-कन्या, विधवा और शुद्धाचारिणी, इनके हाथ के भोजन में दोष क्या?'

'ब्राह्मण-कन्या, और विधवा की बात तो ठीक है—किंतु अगर कोई कुल त्याग करके चली जाए, तो क्या उसे भी शुद्धाचारिणी कहते हैं? कहीं,

उसके हाथ का खाया जाता है?'

दयाल ठाकुर ने जीभ काटकर कहा–'शिव! शिव! तब कैसे खाया जा सकता है?'

'वही तो! पंद्रह-सोलह साल पहले, तीन साल की एक लड़की अन्य पांच लोगों का सर्वनाश कर दिया!'

'सबूत?'

'सबूत तो है ही–उसकी चिंता मत कीजिए! जिसके साथ इसने कुलत्याग किया, वही पुराना प्रेमास्पद राखाल भट्टाचार्य अभी जिंदा है!'

दयाल क्षणभर के लिए उस आदमी की ओर देखता रहा। उसके मन में आया–जैसे इसी का नाम राखाल है! बोले–'तुम क्या ब्राह्मण हो?'

वह आदमी अपने मलिन कपड़ों के भीतर से, उससे भी मलिन जनेऊ निकालकर हंसकर बोला–'नहीं, ग्वाला!'

दयाल ने सरककर बैठते हुए कहा–'तुम तो बिल्कुल चमार जैसे लगते हो! खैर, नमस्कार!'

वह आदमी गुस्सा नहीं हुआ। बोला–'नमस्कार! आपका अनुमान गलत नहीं है। मुझे चमार भी कहा जा सकता है, और मुसलमान या क्रिस्तान भी कहा जा सकता है। मैं जाति-पांति नहीं मानता–मैं तो परमहंस हूं!'

'तुम बड़े पाखण्डी हो!'

उसने कहा–'मुझे इस बात की याद दिलाने की जरूरत है–यह मैं नहीं समझता, क्योंकि इसके पहले भी बहुतों ने बड़े अनुग्रह से ऐसा कहा। मैं क्या था, क्या हो गया–यह अब भी समझता हूं। किंतु मैं ही राखालदास हूं!'

ज्यादा क्रोध के कारण दयाल का चेहरा रक्तवर्ण हो गया। किसी तरह भाव दबाकर उसने कहा–'अब क्या करना चाहते हो? सुलोचना को

ले जाओगे?'

'जी नहीं! इससे आपको खाने-पीने में तकलीफ होगी। मैं इतना कृतघ्न नहीं हूं!'

जी दबाकर दयाल ने यह परिहास भी सह लिया। इसके बाद बोले–'बाबा, आखिर क्या चाहते हो? फिर क्यों आए?'

'रुपया चाहता हूं। अत्यंत अर्थाभाव के कारण ही आना पड़ा। केवल दो हजार मिल जाने पर चुपचाप चला जाऊंगा–यही कहने आया हूं।'

'इनता रुपया तुम्हें कौन देगा?'

'वह, जिसे गरज होगी! आप देंगे–सुलोचना का दामाद देगा–वह बड़ा आदमी है!'

दयाल उसका घमंड देखकर मन-ही-मन भयभीत हो गए। किंतु वह अत्यंत धूर्त और चालाक है–यह भी समझ गए। बोले–'बाबू, मैं तो गरीब आदमी हूं। इतना रुपया कभी आंख से नहीं देखा। तब सुलोचना के जमाई दे सकते हैं–यही तय रहा; किंतु वह नहीं देगा! उसे पहचाना नहीं तुमने, डर दिखलाकर उससे दो हजार रुपया लेने की बात तो दूर रही– दो पैसा भी नहीं पाया जा सकता!! तुम बुद्धिमान आदमी हो–यह तो जान गया, परंतु वह और भी बुद्धिमान है। और कोई उपाय करो–यहां दाल नहीं गलने की!'

दयाल के मुंह की ओर कुछ देर तक स्थिर भाव से देखते रहने के बाद राखाल हंस पड़ा। बोला–'इसकी फिक्र तो मुझे रही। देखा जाएगा!! कोशिश करने पर अगर....'

दयाल ने तुरंत की रोककर कहा–'रुको बाबा, देखो....मुंह से कोई भद्दी बात मत निकालो।'

राखाल ने व्यंग्य से कहा–'जो आज्ञा! परंतु अब तो बैठा नहीं

जाता। मैंने कहा—उसका पता क्या है?'

दयाल बोले—'सुलोचना से पूछो न बाबू!'

राखाल ने कहा—'वह नहीं बतलाएगी, परंतु आप बतला देंगे।'

'यदि न बतलाऊं?'

राखाल ने शांत भाव से कहा—'निश्चय ही बतलाएंगे! और न बतलाने पर क्या करूंगा—यह तो पहले ही बतला दिया।'

दयाल का मुंह सूख गया। उन्होंने कहा—'मैंने तुम्हारा कुछ भी तो नहीं बिगाड़ा, बाबू।'

राखाल बोला—'नहीं, कुछ नहीं बिगाड़ा। इसीसे तो अब कुछ करने को कहता हूं। नाम-धाम सुनकर जमाईबाबू को भी आशीर्वाद देता जाऊंगा, और लड़की को भी एक बार देखता जाऊं—बहुत दिनों से नहीं देखा।'

स्वभावतः दयाल ठाकुर डर गए। किंतु मुंह पर साहस दिखलाकर बोले—'मैं तुम्हारी मदद नहीं करूंगा। तुम्हारी जो इच्छा हो, करो। अनजान में जो पाप कर दिया, उसके लिए न हो तो मैं प्रायश्चित करूंगा। मुझे डर किया बात का?'

'डर कुछ भी नहीं? तब आज ही पण्डों के मुहल्ले में यह बात खुलेगी। इसके बाद जैसे भी होगा, पता लगाकर सुलोचना के दामाद के पास जाऊंगा, और वहां भी यह बात खोल दूंगा। नमस्कार ठाकुर, मैं चला!'

यह देखकर कि सचमुच ही वह चला जा रहा है, दयाल ने उसका हाथ पकड़कर फिर बैठाया और मधुर कंठ से कहा—'बाबू, तुम थोड़े में ही छोड़ देने लायक आदमी नहीं हो—यह समझता हूं। गुस्सा मत करो। मेरी बात सुनो। इस बीच तुम यह बात लेकर उपद्रव मत मचाओ। हफ्तेभर बाद आओ, तो जो हो सकेगा—करूंगा!'

'याद रखना, उस दिन इस तरह टालने के काम नहीं चलेगा!'

दयाल ने तेज नजर से उसके मुंह की ओर देखकर कहा—'बाबू, तुम क्या सचमुच ही ब्राह्मण के लड़के हो?'

'जी!'

दयाल ने लम्बी सांस छोड़कर कहा, 'आश्चर्य! अच्छा, हफ्तेभर बाद ही आओ—इस बीच फिर उपद्रव मत करना, समझे?'

'जी!'—कहकर राखाल ने दो-एक कदम जाकर ही, लौट-खड़े होकर कहा—'अच्छी बात है, केवल दो ही रुपया दे दो। अरी मइया, मनीबेग कहां खो दिया?' कहकर दांत निकालकर हंसने लगा।

दयाल मारे गुस्से के उसकी ओर देख नहीं सके। चुपचाप दो रुपए निकालकर उसके हाथ पर रख दिए, और वह उन्हें पाकेट में गोजकर चल दिया।

वह चला गया, परंतु दयाल वहीं स्तबध रहकर बैठे रह गए। उनका सर्वांग जैसे हजारों बिच्छुओं के दर्शन से जलता जा रहा था।

सात

किंतु सुलोचना कहां है? आज तीन दिन से हरिदयाल आहार-निद्रा, पूजा-पाठ, यात्रियों की खोज, सब कुछ काम करके, हाय-हाय करके समस्त काशी खोजकर भी जब उसे नहीं पा सके; तब घर लौटकर माथा ठोंककर बोले—'हे विश्वेश्वर! यह क्या किया? अनाथ पर दया करके आखिर मैंने कौन-सा पाप कर दिया?'

गली के अंत में कैलाश काका का घर है। हरिदयाल ने वहां आकर देखा—कोई नहीं था। पुकारा—'काका, क्या अंदर हो?'

किसी की आहट न पाकर, उन्होंने अंदर आकर देखा कि कैलाश एक चिराग के सामने शतरंज बिछाकर, अकेले ध्यानमग्न बैठे हैं।

बोले—'काका, अकेले बाजी खेल रहे हो?'

काका ने देखकर कहा—'आओ बाबाजी, जरा यह चाल बचाओ तो देखें!'

हरिदयाल ने उदास होकर मन-ही-मन गाली देकर कहा—'वहां जाति जा रही है, और यह कहता है कि बाजी की चाल बचाओ!'

'कैलाश के कान में आधी बात गई, आधी नहीं गई। पूछा—'क्या कहा, काकाजी?'

'मैंने कहा—उस दिन की सभी बातें सुनी थीं?'

'कौन-सी बातें?'

'वही, उस दिन मेरे घर के अंदर का गोलमाल!'

कैलाश ने कहा—'नहीं बाबाजी! ठीक ने नहीं सुन पाया। गोलमाल शायद बहुत धीरे हुआ था। किंतु उस दिन वह तुम्हारा दांव खूब दबाए था।'

हरिदयाल के मन-ही-मन उसे बुरा-भला कहते हुए कहा—'सो तो दबाया था। परंतु बातचीत क्या नहीं सुनीं?'

कैलाश ने क्षणभर सोचकर कहा—'नहीं, कुछ भी नहीं समझ पाया। परंतु धीरे-धीरे गोलमाल किया कैसे—जरा सुनूं तो? किंतु उस दिन का खेल कैसा जमा था—याद है? घजीर तुग किसी तरह नहीं बचा सके—अच्छा, यही तो था, जरा बचाओ तो देखूं....!'

हरिदयाल ने उदास होकर कहा—'चूल्हे में जाए वजीर! मैं पूछता हूं कि उस दिन की बातचीत क्या नहीं सुनी?'

काका हरिदयाल का उदास मुंह देखकर, इस बार कुछ अप्रतिभ होकर बोले—'कौन जाने बाबाजी, कुछ याद तो है नहीं।'

हरिदयाल के क्षणभर स्थिर रहकर गंभीर भाव से कहा—'अच्छा, तुमने संसार में तो कोई काम नहीं किया, परंतु परलोक तो मानते हो।'

'मानता ही हूं!'

'तब, वहां के लिए कुछ काम भी किया? एक दिन भी कभी मंदिर में जाते हो?'

कैलाश ने विस्मित होकर कहा—'क्या कहते हो, दयाल—मंदिर नहीं जाता? कई दिन गया हूं!'

दयाल उसी तरह गंभीर होकर कहने लगा—'तुम इन बीस सालों से काशीवास कर रहे हो, किंतु शायद बीस दिन भी जाकर दर्शन नहीं किया—पूजा-पाठ तो दूर की बात है!'

कैलाश ने प्रतिवाद करके कहा—'नहीं दयाल, बीस दिनों से अधिक होगा! तुम क्या जानते हो बाबाजी, समय नहीं मिलता इसीसे पूजा-ऊजा नहीं हो पाती!! यही देखो न, सवेरे ही शम्भु मिश्र के साथ एक बाजी बैठना ही पड़ता है—अच्छा खेलता है! एक बाजी खत्म होने में ही दोपहर हो जाती है। इसके बाद नहाते-खाते दिन ढल जाता है। इसके बाद बाबाजी, गंगा पाण्डे का—जो भी कहो पर उसका खेल तारीफ करने लायक है— उसी दिन तो, मुझे मात ही कर दिया था! घोड़ा और हाथी दोनों कोने में दबे हैं—मैंने कहा, शायद.... ।'

'अब रहने भी दो काका, दोपहर को क्या करते हो, वही बताओ!'

'दोपहर को? गंगा पाण्डे के साथ—उसके दोनों हाथी—अभी देखो न....!'

दयाल ने बिल्कुल उदास होकर उसे रोकते हुए कहा—'हो गया, हो गया—दोपहर गंगा पाण्डे के साथ और शाम मुकुंद घोष के बैठक-खाने में—फिर तुम्हें समय ही कहां है?'

कैलाश चुप हो गया। हरिदयाल लगभग गंभीर होकर उपदेश देने लगा—'किंतु काका, अब अधिक दिन भी तो नहीं रहे। परलोक के लिए भी तैयार होना चाहिए—उसके लिए भी कुछ चिंता करने की जरूरत है!!

इन दांवों की गठरी को साथ नहीं ले जा पाओगे!!!'

कैलाश हठात् हो-हो करके हंसते हुए उठ गया और बोला–'नहीं दयाल, दांवों की गठरी शायद साथ नहीं ले जा पाऊंगा। और तैयार होने की बात कहते हो, बाबाजी? तैयार तो मैं हूं ही? जिस दिन बुलावा आएगा, इसे किसी के हाथ में देकर निश्चिंत हो जाऊंगा–उसके लिए चिंता किस बात की?'

'कुछ भी नहीं? कोई शंका नहीं होती?'

'कुछ भी नहीं, बाबाजी–कुछ भी नहीं! जिस दिन मेरी कमला चली गई, जिस दिन मेरी आंखों के सामने ही मेरे कमलचरण ने आंखें मूंद लीं, उस दिन से चिंता और भय इत्यादि झंझटें उनके पीछे चली गईं–कैसे वह सब गया, यह बात मैं कभी नहीं जान पाया, बाबाजी!' कहते-कहते बुड्ढे की दोनों आंखें छलछला आईं।

दयाल ने रोककर कहा–'छोड़ो वे सब बातें! अब मेरी बात सुनोगे?'

'बोलो बाबाजी!'

दयाल ने तब उस दिन की कहानी एक-एक करके बतलाकर कहा–'अब उपाय क्या है?'

सुनते-सुनते, कैलाश का हमेशा खुश रहने वाला चेहरा भी उदास हो गया। उदास स्वर से उसने कहा–'ऐसा नहीं हो सकता हरिदयाल! सुलोचना सती-सावित्री थी!!'

दयाल ने कहा–'मैंने भी वही सोचा था–किंतु स्त्रियों के लिए सब कुछ सम्भव है!'

'तोबा है, ऐसी बात जुबान पर मत लाओ! मनुष्य मात्र ही पाप-पुण्य करता है। इसमें स्त्री-पुरुष का भेद नहीं रहता बाबाजी! तुम्हारी मां की बात क्या कभी याद नहीं आती–वह स्मृति बिल्कुल मिटा दी?'

हरिदयाल लज्जित हो गया, बल्कि उदास भी हो गया। थोड़ी देर तक सिर झुकाए रखने के बाद उसने कहा—'किंतु अब जाति जो जा रही है!'

कैलाश ने कहा—'प्रायश्चित करो! अनजाने पाप के लिए प्रायश्चित भी नहीं है क्या?'

'है! किंतु यहां के लोग मुझे अलग जो कर देंगे!!....'

'करने से क्या....?'

हरिदयाल ने अबकी एकदम क्रुद्ध होकर कहा—'करने से क्या! क्या कहते हो? कुछ समझकर बोलो, काका!'

'समझकर ही बोलता हूं, दयाल! तुम्हारी उम्र भी कम नहीं, शायद पचास पार हो गई। इतनी उम्र तक तो जाति थी, बाकीं दो-चार साल तक न हो, तो न रहे बाबाजी! बस, यही जाति का नुकसान है क्या?'

'है नहीं क्या? जाति जाएगी, धर्म जाएगा—परलोक में जवाब क्या दूंगा?'

कैलाश ने कहा—'यही जवाब दोगे कि एक अनाथ को आश्रय दिया था!'

हरिदयाल चुपचाप सोचने लगे। बात उनके मन में बिल्कुल नहीं जंची। कुछ देर बात बोले—'तब सुलोचना के जमाई का पता उसे नहीं दूंगा!'

'किसी तरह भी नहीं! एक बेटा बदमाश—मतवाला—वह धमकी देकर तुमसे और एक भद्र-संतान से रुपया ले, और तुम उसकी मदद करो....?'

'किंतु न करने से मेरा सब कुछ जो चला जा रहा है! एक भी यजमान नहीं आएगा!! मैं खाऊंगा क्या?'

कैलाश ने कहा—'उसके लिए मत डरो! मैं सरकार बहादुर से बीस

रुपया पेंशन पाता हूं, काका-भतीजे काम उसीसे चल जाएगा!! हम खाएंगे, और घर से कहीं बाहर नहीं जाएंगे!!!'

उदास होने पर भी, इसतरह बच्चों की-सी बात सुनकर हरिदयाल ने हंसकर कहा—'काका, मेरा बोझ तुम्हीं क्यों माथे पर लोगे, और मैं ही क्यों दूसरों का झंझट मोल लेकर—जाति-धर्म को खो दूं? उसके लिए....'

कैलाश ने कहा—'ठीक ही तो है, इसके लिए उसके नाम-धाम का पता देकर, एक गरीब बालिका को उसके पति-गृहस्थी और इज्जत-आबरू सब कुछ से वंचित, इन बुड्ढी हड्डियों को नरक के सियार और कुत्तों से बचाना होगा! बचाओ बाबाजी, परंतु मुझसे कहकर अच्छा नहीं किया। तो जब मतलब से ही आए थे, तो एक और बात कह दूं। काशीधाम अन्नपूर्णा मां के राज में है! यहां रहकर, उनकी सती साध्वी लड़कियों के पीछे लगने पर किसी का भला नहीं होगा, बाबा!!'

हरिदयाल के क्रुद्ध होकर कहा—'काका, अब क्या शाप-दे रहे हो?'

'नहीं! तुम लोग काशी के पण्डे स्वयं ही बाबा के वाहन हो, हम लोगों का शाप तुम पर नहीं लगेगा—उसके लिए तुम्हें डरने की जरूरत नहीं है!—परंतु जो काम करने जा रहे हो—यह बिल्कुल निरापद नहीं है। सती-सावित्री से यम भी डरते हैं। वही बात याद दिला रहा हूं। बहुत दिनों से एक साथ बाजी खेलते आ रहे हैं—तुम्हें प्यार भी करता हूं!'

हरिदयाल ने जवाब नहीं दिया, स्याह मुंह लिए उठ खड़ा हुआ।

कैलाश ने कहा—'बाबाजी, तो क्या बात नहीं रक्खोगे?'

हरिदयाल ने कहा—'पागलों की बात रखने के लिए पागल होने की जरूरत है!'

कैलाश चुप रहे। हरिदयाल बाहर चले गए।

कैलाश शतरंज की गठरी लेकर गांठ बांधते-बांधते सोचने लगे—'शायद

उसी की बात ठीक है! मेरा परामर्श सचमुच ही इस संसार में नहीं चल सकता!! आदमी के मरने पर, लोकाचार के नाते कोई-कोई पुकारता आता है—दाह करना होगा! बीमार पड़ने पर पुकारता आता है—दवा करनी होगी!! और यह शतरंज खेलने आता है। क्यों, इतने साल हो गए और कभी तो कोई परामर्श लेने नहीं आया!'

परंतु कई रातों तक सोचकर भी वे तय नहीं कर सके कि क्यों सूर्यालोक की तरह परिष्कृत और स्फटिक की तरह स्वच्छ वस्तु लोकग्राह्य नहीं हुई—क्यों यह सहज-प्राञ्जल भाषा, संसार के लोग नहीं समझ पाते?

उसी रात को हरिदयाल ने काफी सोच-विचार कर तय करके, चंद्रनाथ के चाचा मणिशंकर को पत्र लिख दिया कि चंद्रनाथ स्वेच्छा से एक वेश्या की लड़की को शादी करके घर ले गया है।

आठ

हरिदयाल ने सब बातों का समाधान करके मणिशंकर को लिख दिया था। उसी से मणिशंकर को सहज विश्वास हो गया कि बात झूठ नहीं है! किंतु समझ नहीं सके कि उनका कर्तव्य क्या है! यह समाचार उनके पक्ष में अच्छा हो या बुरा, परंतु बड़ा आवश्यक था—इसमें संदेह नहीं। इतना बड़ा बोझ अकेले सहते हुए तकलीफ हुई, इसी से स्त्री को अकेले में मोटी-मोटी खबरें जता दीं और कहा—'मेरी राय ली होती तो क्या ऐसा होता? नहीं इतना बड़ा जुआ मैं होने देता? जो भी हो, बात अभी खोलना मत! अच्छी तरह से सोच लेना उचित है।' किंतु अच्छी तरह सोचने में समय लगता है, दो-चार दिन इंतजार करना पड़ता है। और स्त्रियां ऐसा नहीं कर पातीं! इसी से हरिदयाल के पत्र का भावार्थ पहले दो-चार कानों में गया—और क्रमशः इसमें संख्या-वृद्धि होने लगी। लड़की को देखने के दिन हरिबाला ने सुना था, इसी से डरते-डरते उस दिन जानने आई थी कि चंद्रनाथ सरयू

को कितना प्यार करता है! उस दिन लड़कियों में इस प्रश्न पर फुस-फुसाकर खूब उत्साह के साथ आलोचना हुई थी। शायद इसी से वह समझे थी कि प्रीति की गंभीरता में ही सरयू का भविष्य निहित है!

सभी दबी आवाज में बातें करती हैं। सभी के चेहरों से, आंखों से यह बात जाहिर होती है–कि एक पैशाचिक आनंद-प्रवाह इस कोमल छाती में बह रहा है। दुखी होना और निःश्वास छोड़ना तो है ही, किंतु सरयू के भाग्य-विधाता के मुंह फेर लेने से सभी मन-ही-मन आह करेंगे और ऐसा लगता है, जैसे उसी परम दुःख के चित्र को वे अपनी आंखों के सामने देख रहे हों! आज दो दिनों से, मारे उत्सुकता के उन्हें नींद नहीं आ रही है। धीरे-धीरे एक सप्ताह बीत गया। इतने रात-दिनों तक केवल धुआं ही हुआ है, आग नहीं जली–बात केवल लड़कियों के बीच बाधा पाए सोते की तरह बार-बार आई और गई; परंतु दोनों किनारों को धंसाकर बह नहीं पाई। और पुरुषों का भी एक दल उठ रहा था, किंतु वह थोड़ी देर के लिए। उनके लिए, चंद्रनाथ को जाति से निकाल देने के अलावा एक और काम था। संसार का भार-वहन करना होता है–बिल्कुल शरीर छोड़ देने पर बड़ी देर तक बैठने को जगह नहीं मिलती, इसी की मीमांसा होने के पहले ही दल टूट जाता है। तब बात छोटी होती, यदि चंद्रनाथ दरिद्र होता। किसी ने भी खुले-आम, दल सजाकर चंद्रनाथ के खिलाफ खड़े होने का साहस नहीं किया। अगर कोई कर सकता था तो मणिशंकर। परंतु पता नहीं क्यों, किसी तरह भी उसने कोई बात नहीं कही। तब मुहल्ले की वयस्क विधवाओं और सधवाओं के दल के कर्तव्य-पालन में मन लगाया। इसलिए निरपराध ब्रजकिशोर ने अपनी स्त्री हरकाली को, धर्म और जाति बचाने की पवित्र इच्छा से अत्यंत दुख के साथ यह जता दिया कि यह निःसंदेह प्रमाणित हो गया है कि सरयू की काशीवासिनी मां वेश्या है। इसलिए उसकी कन्या के हाथ का खान-पान करने की वजह

से, स्त्री-पुरुष दोनों ही की जाति और धर्म का नाश हुआ है!

पहले हरकाली विह्वल होकर देखती रही, इसके बाद बोली–'क्या हुआ है?'

रसामय की वृद्धा माता ने खांस करके निःश्वास छोड़कर कहा–'और क्या होगा बड़ी बहू? जो होना था वही हो गया–सर्वनाश हो गया!' इतना कहकर वे कहानी को एक बार और शुरू से अंत तक वर्णन कर गईं। कहते समय थोड़ी-सी गलती हो गई– उसका अन्य पांच आदमियों ने संशोधन कर दिया। इस तरह हरकाली की समझ में बात आई, कि सचमुच ही सर्वनाश हो गया! किंतु बहुत-सा खुद अपना, और बहुत-सा एक-दूसरे आदमी की बात सोचकर वह चुपचाप उठकर अपने कमरे में चली गई और दरवाजा बंद कर लिया। जो भलाई करने आए थे, उन्होंने भलाई की या नहीं की–इसे अच्छी तरह न समझ सकने के कारण हतबुद्धि और उदास होकर, वे एक-एक करके चले गए। अकेले घर में आकर हरकाली को आगे आशंका हुई कि उसके दुर्भाग्य के कारण इतना बड़ा सुसंवाद टिक पाएगा या नहीं! उन्होंने सोचा कि अगर नहीं टिका, तो कोई उपाय भी नहीं! किंतु भाग्य यदि चमक ही गया है–यदि सौभाग्य ने इतने दिनों बाद सचमुच ही उसकी ओर देखा है, तो उसकी बहन अब भी बची है। अब भी वह दूसरे के हाथ में नहीं गई है–यही उसके लिए मौका है! जो भी हो, पर अंत तक उसे जी-जान से बचाना होगा!! इसमें उसे तनिक भी संदेह नहीं रहा। वह उदास मुंह करके, जहां चंद्रनाथ लिखता-पढ़ता है वहीं आकर बैठ गई।

उसके चेहरे का भाव देखकर चंद्रनाथ ने चिंतित होकर कहा–'क्या हुआ मामी?'

हरकाली ने सिर पीटकर रुंधे गले से कहा–'बेटा चंद्रनाथ, दुःखी समझकर ही क्या तुमने हम लोगों को इतनी तकलीफ दी?'

चंद्रनाथ हतबुद्धि हो गया। उसने क्या किया—यह किसी तरह भी नहीं समझ पाया।

हरकाली कहने लगी—'अब बाकी ही क्या रह गया? एक मुट्ठी भात के लिए जात गई; धर्म गया। बाबा, खाना रहता हमारे पास, तो क्या तुम इस तरह हम लोगों का सर्वनाथ कर पाते?'

चंद्रनाथ ने कुछ देर तक चुप रहने के बाद बिल्कुल शांत भाव से कहा—'क्या हुआ?'

हरकाली ने आंचल से झूठ-मूठ आंसू पोंछकर कहा—'भाग्य में जो होना बदा था, वही हुआ! तुम तो मेरे सुनहले चांद हो!! तुमसे चुड़ैलों ने, भुलावा देकर ऐसा कराया!!!'

'पैरों पड़ता हूं मामी, खोलकर बतलाओ!'

'और क्या बतलाऊं? अपने काका से पूछ लो!'

चंद्रनाथ अबकी चिढ़ गया। बोला—'काका से यदि पूछना होगा, तो तुमने मुझसे कहा क्यों?'

'हम लोगों का सर्वनाथ हो गया, इसी से कहा बाबा—'

'और क्यों?'

चंद्रनाथ मामा और मामी पर बहुत श्रद्धा रखता था। किंतु उनके इस व्यवहार से वह बिल्कुल कुढ़ गया, और चिढ़कर बोला—'यदि सर्वनाश हो गया तो कहीं और चली जाओ—मेरे सामने ऐसा मत करो!'

हरकाली तब चंद्रनाथ की स्वर्गीया माता का नामोच्चारण कर जोर-जोर से रोने लगी—'अरी, तुम हमें बुलाकर लाई थीं, और तुम्हारा लड़का खदेड़ रहा है रे!'

चंद्रनाथ ने व्याकुल होकर, मामी का हाथ पकड़कर कहा—कैसे समझूंगा मामी कि तुम्हारा सर्वनाथ कैसे हुआ? केवल सर्वनाश-ही-सर्वनाश कर रही हो, किंतु अब तक कोई बात नहीं कह पाई!'

हरकाली ने एक बार और आंख पोंछकर कहा—'कुछ नहीं जानते बाबा?'

'नहीं?'

'काशी से तुम्हारे पण्डे ने तुम्हारे काका को पत्र लिखा है।....'

'क्या लिखा है?'

हरकाली ने तब थूक निगलकर, सिर हिलाकर कहा—'काशी में तुम्हें अकेले पाकर, चुडैलों ने भुलावा देकर तुम्हारी शादी वेश्या से करा दी है!'

चंद्रनाथ ने आंखें फाड़कर देखते हुए कहा—'किसकी?'

हाथ से सिर पीटकर बोली—'तुम्हारी!'

चंद्रनाथ ने नजदीक आकर धैर्य से पूछा—'वेश्या के साथ शादी हुई है मेरी?'

'हां!'

इसका मतलब कि शादी से पहले सरयू वेश्यावृत्ति करती थी? मामी, उसे दस साल की उम्र में ही घर लाया था—यह बात क्या तुम भूल गईं?'

'सो ठीक नहीं जानती चंद्रनाथ, परंतु काशी में उसकी मां का बड़ा नाम है।'

'तब सरयू की मां वेश्यावृत्ति करती है? वह खुद नहीं?'

हरकाली ने मन-ही-मन घबराकर कहा—'वह तो एक ही बात हुई बाबा, एक ही बात!'

चंद्रनाथ ने धमकाते हुए कहा—'किससे क्या कह रही हो, मामी? तुम क्या पागल हो गई हो?'

धमकी सुनकर हरकाली रुआंसी-सी होकर कहने लगी—'पागल होने की तो बात है ही बेटा! हम दोनों को प्रायश्चित करने दो। इसके

बाद जिस ओर दोनों आंखें जाएंगी, उसी ओर हम चले जाएंगे। इससे अच्छा तो भीख मांगकर खाना है!'

चंद्रनाथ ने गुस्सा होकर कहा—'यही अच्छा है!'

'तो चली जाऊं?'

चंद्रनाथ ने मुंह फेरकर कहा—'जाओ!'

तब हरकाली ने और जोर से माथा पीटकर कहा—'हाय रे, दुरभाग्य! अंत में क्या यही लिखा था?'

चंद्रनाथ ने मुंह फेरकर गंभीर भाव से कहा—'अब भी साफ-साफ नहीं बतलाओगी?'

'सब तो बतला चुकी!'

'कुछ भी नहीं बतलाया—चिट्ठी कहां है?'

'तुम्हारे काका के पास है।'

'उसमें क्या लिखा है?'

'वह भी तो बतला चुकी!!'

चंद्रनाथ लौटकर एक चौकी पर लेट गया। गंभीर लज्जा और घृणा से, उसके सिर से लेकर पैरों के तलवे तक सिहर गए, और शरीर से पसीना छूटने लगा। उसके मुंह से केवल इतना ही निकला—'छिः!'

हरकाली उसके चेहरे की ओर देखकर मन-ही-मन डर गई—इतना भीषण-कठोर भाव, किसी मृतक के चेहरे पर भी कभी नहीं देखा होगा! वह चुपचाप उठ गई।

नौ

चंद्रनाथ के कहा—'चिट्ठी कहां है? देखूं!'

मणिशंकर ने चुपचाप बक्स खोलकर एक चिट्ठी उसके हाथ पर रख दी। चंद्रनाथ ने पूरी चिट्ठी को दो बार पढ़कर, सूखे मुंह से प्रश्न

किया—'प्रमाण?'

'राखालदास खुद ही आ रहा है।'

'उसकी बात का क्या भरोसा?'

'सो कह नहीं सकता। जो अच्छा समझना, करना!'

'वह किसलिए आ रहा है? इस बात को प्रमाणित करने से उसका लाभ?'

'लाभ की बात तो चिट्ठी में ही लिखी है। दो हजार रुपया चाहता है!'

चंद्रनाथ ने उसके मुंह की ओर स्थिर दृष्टि रखकर सहज भाव से कहा—'यह बात अगर नहीं फूटी होती, तो वह धमकी देकर रुपया ले जाता। किंतु उसकी इस आशा पर पाला पड़ गया। एक तरह से इसने उपकार ही कर दिया—'इतना रुपया बचा दिया!'

मणिशंकर मारे लाज के मर गया। इच्छा हुई कि कह दे—कि उन्होंने यह बात नहीं कही; किंतु तुरंत ही याद हो आया कि उन्हीं के जरिए बात खुली थी! स्त्री को वे ही न बतलाते तो कौन जान पाता? इसलिए सिर झुकाए बैठे रहे।

चंद्रनाथ ने फिर कहा—'यह गांव हम लोगों का है। एक हीन, लम्पट और भिखारी, मेरा अपमान करने के लिए मेरे गांव में, मेरे घर किस हिम्मत से आ रहा है—यह मैं आपसे नहीं पूछना चाहता! किंतु आज मैं आपसे यह बात पूछना चाहता हूं काका, कि मेरी मौत होने पर क्या आपको खुशी होगी?'

मणिशंकर ने जीभ काटकर कहा—'छिः छिः, ऐसी बात जुबान पर भी मत लाओ, चंद्रनाथ।'

चंद्रनाथ ने कहा—'और किसी दिन लाने की आवश्यकता नहीं पड़ेगी। आप मेरे पूज्य हैं। आज अगर कोई अपराध कर दूं, तो क्षमा

कीजिएगा! आप मेरी समस्त धन-सम्पत्ति ले लीजिए- और खुश हो जाइए!! मैं जा रहा हूं, वहां केवल माहवार खर्च भेजा कीजिए--ईश्वर की शपथ कहता हूं कि इसके अधिक और कुछ नहीं चाहूंगा! किंतु मेरा यह सर्वनाश मत कीजिए!!' उसका गला रुंध आया, और होंठ दांत-तले दबाकर ही अपना उच्छ्वासित क्रंदन रोक सका।

मणिशंकर उठ खड़े हुए और चंद्रनाथ का दाहिना हाथ पकड़कर रो पड़े। बोले—'बेटा चंद्रनाथ, स्वर्गीय भाई की तुम एकमात्र संतान हो—मैं भीख चाहता हूं बेटा, बुड्ढे का और तिरस्कार मत करो!'

चंद्रनाथ ने मुंह फेरकर आंखों के आंसू पोंछकर कहा—'तिरस्कार नहीं करता, काका! किंतु इतने बड़े दुर्भाग्य के बाद, देश छोड़ देने के अलावा मेरे लिए अन्य कोई रास्ता नहीं!! यही बात मैंने आपको बतला दी।'

मणिशंकर ने विस्मय के स्वर में कहा—'देश का त्याग क्यों करोगे? अनजाने में ऐसी शादी की है—इसमें शरमाने की कोई बात नहीं—केवल प्रायश्चित करने की आवश्यकता होगी!' चंद्रनाथ चुप ही रहा। मणिशंकर ने उत्साहित होकर फिर कहा—'उपाय काफी है। बहू का परित्याग करके, एक गुप्त प्रायश्चित करो। फिर विवाह करके गृहस्थ बन जाओ—हर तरफ से भलाई होगी!'

चंद्रनाथ सिहर उठा।

मणिशंकर ने यह लक्ष्य किया—और स्थिर दृष्टि से उसके चेहरे की ओर देखते रहे।

चंद्रनाथ ने कहा—'किसी तरह भी मैं उसका परित्याग नहीं कर सकूंगा, काका!'

मणिशंकर ने कहा—'कर सकोगे चंद्रनाथ! आज आराज करो, कल स्थिर चित्त से सोच देखना कि यह काम मुश्किल नहीं। बहू को किसी

तरह भी घर में नहीं रखा जा सकता!'

'किंतु बिना प्रमाण के आप इस त्याग की अनुमति किस तरह दे रहे हैं?'

वृद्ध ने कुछ देर तक सोचकर कहा—'कोई उपाय तो करूंगा ही! किंतु तुम्हें भी आखिरी त्याग करना ही पड़ेगा, त्याग करके प्रायश्चित करने पर ही कालिख मिटेगी!!'

'कौन मिटाएगा?'

'मैं मिटाऊंगा!'

'किंतु बिना कुछ खोज-पूछ किए ही?'

'इच्छा हो तो खोज-पूछ कर लो! परंतु यह बात झूठ नहीं है—यह मैं निश्चत रूप से कहता हूं!!'

चंद्रनाथ घर लौटकर, अपने कमरे का दरवाजा बंद करके चारपाई पर लेट गया। मणिशंकर ने कहा था कि सरयू का त्याग करना होगा। चारपाई पर पड़कर शून्य दृष्टि से ऊपर देखते हुए, आदमी नींद में जैसे कोई बात करता है—ठीक उसी तरह वह इस एक ही बात को बार-बार दुहराने लगा—सरयू का त्याग करना होगा, वह वेश्या की लड़की है! इस बात को उसने कई बार, कई तरह से अपने मुंह से कहा—अपने कान से सुना, पर कुछ समझ नहीं पाया। उसने सरयू का त्याग कर दिया है—सरयू घर में नहीं है, कमरे में नहीं है, आंख के सामने नहीं है, आंखों की ओट भी नहीं है; वह अब उसकी नहीं है। यह चीज ठीक-ठीक क्या है, उसकी सम्पूर्ण आकृति कैसी है—इस बात को लाख कोशिश करने पर भी वह नहीं समझ सका; और मणिशंकर ने कहा था कि कार्य मुश्किल नहीं है। कार्य मुश्किल है या आसान, किया जा सकता है या नहीं—इसे समझने की शक्ति आदमी के दिमाग में है या नहीं, यह भी वह तय नहीं कर सका। वह निर्जीव की तरह पड़ा रहा, और फिर सो गया। सोने पर कितने

ही स्वप्न देखे—कोई स्पष्ट था, कोई धुंधला—और नींद में एक अस्पष्ट वेदना उसके अंग-प्रत्यंग में समाने लगी—यह भी उसने अनुभव किया। इसके बाद शाम होते ही उसकी नींद खुली और वह उठ बैठा। उसकी मानसिक स्थिति ऐसी जगह पर रुकी थी, कि माया ममता के लिए उसमें कोई जगह नहीं थी और क्रोध और घृणा करने की भी क्षमता नहीं थी। केवल एक अव्यक्त और घोर लज्जा के बोझ से, उसका शरीर और मन धीरे-धीरे अवश और अवनत होकर—एक बारगी मिट्टी में मिल जाने का उपक्रम करने लगा।

इसी समय नौकर बत्ती जलाकर ले आया, और उसके बंद दरवाजा खटखटाते ही चंद्रनाथ घबराकर उठ बैठा, और दावाजा खोलकर घर में ही चहल-कदमी करने लगा। आंख के सामने आलोक आते ही मोह का बादल अपने-आप स्वच्छ हो आया था, और उसी के भीतर से अब हठात् संदेह हो आया कि क्या यह बात सच है? खुद सरयू क्या यह सब जानती है? जान-सुनकर भी उसकी सरयू, उसी का इतना बड़ा सर्वनाथ करेगी—इस बात पर चंद्रनाथ किसी तरह भी विश्वास नहीं कर पाया। वह जल्दी से कमरा छोड़कर सरयू के शयनकक्ष में उपस्थित हुआ।

शाम का चिराग जलाकर सरयू बैठी थी। पति को देखकर जल्दी से उठ खड़ी हुई। उसके चेहरे पर भय और उद्वेग का चिह्न भी नहीं था। लगता था कि उसके शरीर में एक बूंद खून न हो! चंद्रनाथ ने एकबारगी पूछा—'सब सुन चुकी हो?'

सरयू ने सिर हिलाकर कहा—'हां!'

'सब सच है?'

'सच है!'

चंद्रनाथ चारपाई पर बैठ गया—'इसने दिनों तक बतलाया क्यों नहीं?'

'मां ने मना किया था; तुमने भी नहीं पूछा।'

'तुम्हारी मां का मैंने उपकार किया था—उसी का तुमने इस तरह बदला दिया?'

सरयू चुपचाप सिर झुकाए खड़ी रही।

चंद्रनाथ ने फिर कहा—'अब देख लिया कि क्यों तुम इतनी डरी-डरी-सी रहती थी! अब समझा कि इतना प्यार करने पर भी मुझे सुख क्यों नहीं मिला। पहले की सभी बातें स्पष्ट हो गईं—शायद इसी वजह से तुम्हारी मां ने किसी तरह यहां आना स्वीकार नहीं किया?'

सरयू ने सिर हिलाकर कहा—'हां!'

क्षणभर में ही चंद्रनाथ को पिछले दिनों की सारी बातें याद आईं, वही काशीवास, वही चिरशुद्धमूर्ति सरयू की विधवा माता—वही उसकी कृतज्ञ और सजल दो आंखें और स्निग्ध-शांत बातचीत। चंद्रनाथ सहसा नरम होकर बोला—'सरयू, सच्ची बात मुझे खोलकर बतला सकती हो?'

'बतला सकती हूं! मेरे मामा का घर नवद्वीप के पास है। राखाल भट्टाचार्य का घर मेरे पास ही था। बचपन से ही मां उसे प्यार करती थीं। दोनों में एक बार शादी की बातचीत भी हो गई थी, परंतु उसे नीच घर का कहकर शादी नहीं हो सकी। मेरे बाबा का घर हाली शहर में है। जब मैं तीन साल कीं थी, तो बाबा के मरने के बाद—मां मुझे लेकर नवद्वीप लौट आई। इसके बाद जब मैं पांच साल की थी, तभी मुझे लेकर मां.... ।'

चंद्रनाथ ने कहा—'उसके बाद?'

'हम कुछ दिनों मथुरा रहे, वृंदावन रहे, इसके बाद काशी आए। इसी समय राखाल ने शराब पीना शुरू कर दिया। मां के पास कुछ गहने थे—उसी को लेकर रोज झगड़ा होता। इसके बाद एक रात को वह सब कुछ चुराकर भाग गया। उस समय मां के हाथ में एक पैसा भी नहीं था।

सात-आठ दिनों तक हम भीख मांगकर किसी तरह रहे, इसके बाद जो कुछ हुआ—वह तुम खुद ही जानते हो!'

चंद्रनाथ के माथे में जैसे आग लगी। सरयू के मुंह की ओर क्रूर दृष्टि से देखकर उसने कहा—'छिः-छिः, सरयू तुम ऐसी हो? तुम लोग ऐसे हो! सब कुछ जान-बूझकर भी तुमने हमारा इस तरह सर्वनाश किया? यह तो मैंने सपने में भी नहीं सोचा था कि तुम महापतिता हो!'

सरयू की आंखों से टप-टप करके आंसू गिरने लगे। वह चुपचाप सिर झुकाए खड़ी रही।

चंद्रनाथ यह नहीं देख पाया। अधिक कठोर होकर बोला—'अब उपाय क्या है?'

सरयू ने आंखों के आंसू पोंछकर धीरे-धीरे कहा—'तुम बतला दो!'

'तो पास आओ!'

सरयू के पास आने का चंद्रनाथ ने जोर से उसका हाथ पकड़कर कहा—'लोग तुम्हारा त्याग करने को कहते हैं, किंतु मुझमें यह साहस नहीं—तुम्हें विश्वास नहीं होता?—मैं सब विश्वास हार चुका हूं!'

क्षणभर में ही सरयू के उदास-पीले चेहरे पर रक्त की एक रेखा झलक आई। अश्रुगलिन आंखें क्षणभर के लिए चमक आईं। उसने कहा—'मुझे विश्वास नहीं?'

'कुछ नहीं—कुछ नहीं, तुम सब कुछ कर सकती हो!'

सरयू ने उसके मुंह के पास मुंह लाकर अविचलित स्वर में कहा—'तुम मेरे क्या हो, यह तुम नहीं जानते हो! एक दिन मुझे अपनी ओर देखने को तुमने कहा था। आज एक बार मेरी ओर देखो! आज़ मैं उपाय बतला दूंगी, बोलो सुनोगे?'

'सुनूंगा! बतलाओ, क्या उपाय है?'

सरयू ने कहा—'मेरे जहर खा लेने पर और उपाय की क्या

आवश्यकता?'

चंद्रनाथ की पकड़ और कड़ी हो गई—जैसे भाग नहीं पाता हो। बोला—'हो गया, सरयू हो गया! जहर खा पाओगी?'

'खा पाऊंगी!'

'खूब सावधानी से, खूब छिपाकर?'

'वही होगा!'

'आज ही!'

सरयू ने कहा—'अच्छा, आज ही!' चंद्रनाथ को जाते देखकर, उसके पति के दोनों चरणों को पकड़कर कहा—'मुझे आशीर्वाद भी नहीं दिया?'

चंद्रनाथ ने ऊपर की ओर देखकर कहा—'अभी नहीं! जब चली जाओगी—जब मृत देह जलकर खाक हो जाएगी—तब आशीर्वाद दूंगा!!'

सरयू ने पैर छोड़कर कहा—'वही सही!'

चंद्रनाथ के चलने के लिए उद्यत होते ही, एक बार और दरवाजे पर पीठ लगाकर, रास्ता रोककर खड़ी होकर बोली—'मेरे जहर खाने पर, तुम पर कोई विपत्ति नहीं आएगी?'

'कोई नहीं!'

'किसी को कुछ संदेह तो नहीं होगा?'

'अवश्य होगा! पर रुपया देकर लोगों का मुंह बंद कर दूंगा!!'

सरयू ने कहा—'बिछौने के नीचे एक चिट्ठी रख जाऊंगी, वही देखना!'

चंद्रनाथ नजदीक आकर, उसके माथे पर हाथ रखकर बोला—'वही करना! अच्छी तरह से लिखकर, नीचे अपना नाम स्पष्ट लिख देना—कोई यह न समझ पाए कि मैंने तुम्हारा खून किया है! एक बात और करना—कि घर का दरवाजा और जंगला अच्छी तरह से बंद कर देना, ताकि कोई भी आवाज बाहर न जाए! मैं सुन न पाऊं!!'

सरयू ने दरवाजा छोड़कर जमीन पर लेटकर एक बार प्रणाम किया और पदधूलि लेकर उठ खड़ी हुई और बोली—'तो जाओ!' कहते ही उसे संदेह हुआ—हाथ पकड़कर बोली—'रुको, थोड़ी देर और खड़े रहो!' वह चिराग नजदीक लाकर, पति के मुंह की ओर अच्छी तरह देखकर चमक उठी। चंद्रनाथ की दोनों आंखों में अमानुषिक तेज चमक थी, जो विक्षिप्त-सी चकमका गई।

चंद्रनाथ ने कहा—'आंखों में क्या देखती हो, सरयू?'

सरयू ने क्षणभर चुप रहकर कहा—'कुछ नहीं! अच्छा जाओ।'

चंद्रनाथ धीरे-धीरे बड़बड़ाते हुए बाहर हो गया—'वही ठीक है—आज ही!'

दस

उस रात सरयू अपने कमरे में लौटकर रो पड़ी, और मन-ही-मन बोली—'मैं किसी तरह भी जहर नहीं खा सकूंगी! अकेले रहती तो मर भी सकती थी—परंतु मैं अब अकेले तो हूं नहीं। मैं तो मां हूं! मां होकर संतान की हत्या करूंगी कैसे?' इसी से वह नहीं मर सकी। किंतु उसके सुख के दिन अब खत्म हो चुके हैं—इसमें भी उसे लेशमात्र संदेह नहीं रहा।

गंभीर रात को चंद्रनाथ ने सहसा अपनी स्त्री के घर में प्रवेश किया, और सब बातें सुनकर, उन्मत्त आवेग से सरयू को छाती से लगाकर स्थिर हो रहा। अस्फुट शब्दों में वह बार-बार कहने लगा—'ऐसा काम कभी मत करना!' परंतु इससे अधिक वह और कोई भरोसा दे ही नहीं पाया। अपने इस विशाल भवन में, इस हतभागी के लिए थोड़ी-सी जगह भी तो वह नहीं खोज पाया, जहां सरयू अपना लज्जाहत पीला चेहरा छिपा सके। समस्त गांव में कहीं भी थोड़ी-सी ममता पाने की कल्पना वह नहीं कर पाया—जिसके आश्रय में वह उन गरम आंसुओं का एक कण भी पोंछ सके। रो-पीटकर,

उसने सात दिनों की मुहलत की भीख मांग ली थी। भादों माह के इन आखिरी सात दिनों को पति के आश्रय में गुजारकर, वह हमेशा के लिए निराश्रिता होकर राह की भिखारिणी बन जाएगी। भादों के महीने में घर के कुत्ते और बिल्लियों को भी नहीं खदेड़ा जाता है—गृहस्थ का बुरा होता है—इसी से सरयू का यह आवेदन स्वीकार हो गया था।

एक दिन उसने पति का हाथ पकड़कर कहा—'अपना अभाग्य मैं खुद ही भोगूंगी—इसके लिए तुम दुःख मत करो! मेरी जैसी अभागिन को घर लाकर तुमने बहुत-कुछ सहा है—अब मत सहो!! विदा देकर फिर गृहस्थ बन जाओ, ताकि मेरी गृहस्थी टूट न जाए!!!'

चंद्रनाथ सिर झुकाए, निरुत्तर हो रहा, बुरा-भला कोई जवाब नहीं खोज पाया। यही बात उसके मन में आती है कि सरयू अब बिल्कुल मुखर हो गई है—कुछ अधिक बातें करती है। इतने दिनों तक उसके मन में जो डर था, अब वह नहीं रहा। दो दिन पहले भी वह मुंह छिपा कर, लोगों की नजर बचाकर इस घर में रहा करती थी—तब मामूली हवा से भी डरती थी—बाद में उसका छद्म आवरण दूर हो गया। बाद में उसका सत्य परिचय मिलता रहा। अब उसका वह डर चला गया है। इसी से अब वह निर्भय होकर बात करती है। इस जीवन में उसका जो कुछ था, उसी पति में, उसके सर्वस्व में—समाज ने मानो अदालत की डिग्री जारी करके उसे नीलाम कर लिया है। अब वह मुक्त सर्वस्वहीन संन्यासिनी है। इसी से वह पति के साथ स्वच्छंदता से बातें करती है। भाई की तरह शिक्षक की तरह उपदेश देकर अपनी निर्भीक राय प्रकट करती है। और उस रात को दोनों ने एक-दूसरे को क्षमा कर दिया है। चंद्रनाथ ने विष खाने को कहा था—उसकी एक आत्मग्लनि ने सरयू के सभी दोषों को ढक दिया है।

दूसरे दिन सवेरे से ही, हरकाली एक टुकड़ा कागज लेकर अपने पति से, ऊपर से नीचे तक मालूम नहीं क्या लिखवा रही थी।

ब्रजकिशोर ने एक बार पूछा—'यह लिखने से क्या होगा?'

हरकाली ने डांटकर कहा—'अगर तुम्हें तनिक भी वृद्धि होती, तो नहीं पूछते। एक बार मेरी बात न मानने के कारण तो ऐसा हुआ, और किसी बात में दिमाग तो खर्च करते नहीं!'

हरकाली जो कुछ बोली—वह एक सुबोध बालक की तरह ब्रजकिशोर ने लिख लिया। खत्म होने पर स्वयं हरकाली ने उसे शुरू से अंत तक पढ़कर, सिर हिलाकर कहा—'ठीक हुआ है?' अबोध ब्रजकिशोर चुप रहे। दोपहर को हरकाली ने, कागज लेकर सरयू के पास आकर कहा—'बहू, इस कागज पर अपना नाम लिख दो!'

कागज हाथ में लेकर, सरयू ने उसके मुंह की ओर देखकर कहा, 'क्यों मामी?'

'जो कहती हूं, वही करो न बहू!'

'किसका नाम लिख दूं, यह भी न सुन पाऊंगी?'

हरकाली ने मुंह भारी करके कहा—'वाह बिटिया, यह तुम्हारी ही भलाई के लिए है! तुम जब यहां नहीं रहोगी, तब कहां किस तरह रहोगी, इसकी खोज-खबर लेने भी हम नहीं जाएंगे। इसी से बिटिया, जिस तरह भी क्यों न रहो—महीने में पांच रुपया खुराकी पाओगी। यह क्या बुरा है?'

भला-बुरा सरयू समझती थी—और उस भलाई चाहने वाली के दिल में भलाई करने की कितनी इच्छा थी—यह भी समझती थी। परंतु जिसकी महल की सी अट्टालिका टूटकर नदी में गिरती हो—वह कुछ ईंटें बचाने के लिए नदी से होड़ लेना नहीं चाहती। सरयू ने यही बात सोची। फिर भी एक बार उसने हरकाली के मुंह की ओर देखा—जिस नजर से हरकाली हृदय से घृणा करती थी—आज भी वह वैसी ही थी। आंखें झुकाकर बोली—'बहू!'

'हां मामी, लिखे देती हूं!'—सरयू ने कलम लेकर साफ-साफ अपना

हस्ताक्षर कर दिया।

आज आश्विन की दूज है—सरयू के जाने का दिन! सवेरे से ही काफी वर्षा हो रही थी। हरकाली चिंतित होने लगी, इस हालत में तो जाना नहीं होगा!

दिनभर सरयू घर की चीज-वस्तु संभालती रही। कीमती कपड़े इत्यादि एक-एक करके अलमारी में बंद कर दिए। सारे गहनों को लोहे के संदूक में बंद करके ताली दे दी। इसके बाद उसने पति को बुला भेजा, और खुद जमीन पर पड़कर बहुत रोई। घर छोड़ने का समय जितना नजदीक आ रहा था, दर्द उतना ही बढ़ता जा रहा था। ये सात दिन जिस तरह गुजरे, आज उस तरह गुजारने की इच्छा नहीं होती थी। उसे शंका हुई कि आज आखिरी दिन कहीं धैर्य छूट न जाए! जाने के समय के बाद—बिल्कुल भिखारिणी की तरह इधर देखना होगा। आत्म-सम्मान को उसने जी जान से दबा दिया था, उसी को छोड़ने की इच्छा किसी तरह भी नहीं होती थी।

चंद्रनाथ के आने पर वह आंख पोंछकर उठ बैठी। बोली—'आओ, आज मेरे जाने का दिन है।' तब भी उसकी पलकें भीगी हुई थीं। चंद्रनाथ दूसरी ओर देखता हुआ बैठा रहा। सरयू ने पास आकर कहा—'यह चाभी लो! जितने दिनों तक दूसरी शादी न करो, उतने दिनों तक किसी और को मत देना!!'

चंद्रनाथ ने रुंधे स्वर में कहा—'जहां है, रख दो!'

सरयू ने हाथ से चंद्रनाथ का मुंह फेरकर, कुछ हंसकर कहा—'रोने की चेष्टा कर रहे हो?'

चंद्रनाथ के मन में हुआ कि बात बहुत बड़ी कही गई है। सरयू तभी उसकी आंखों को पोंछकर आदर से बोली—'याद करो, किसी दिन कभी तुमने कोई मजाक नहीं किया। इसी से जाने के दिन, आज एक

दिल्लगी कर दी–गुस्सा मत होना!' इसके बाद बोली–'जो कुछ था, आलमारी में बंद करके रखे जा रही हूं। देखना, मेरी कोई चीज नष्ट न होने पाए!'

चंद्रनाथ ने सिर उठाकर देखा कि निराभरण सरयू के हाथ में–कांच की चार-पांच चूड़ियों के अलावा और कुछ नहीं था। सरयू की यह मूर्ति देखकर उसकी दोनों आंखों में जैसे कांटे चुभ गए, परंतु क्या कहे वह! आज दो-चार गहने जाने का प्रस्ताव करके, कैसे वह देवी की इस प्रतिमूर्ति का अपमान करे? सरयू ने गले में आंचल लपेटकर प्रणाम किया, और पदधूलि लेकर बोली–'मेरे जाने के कारण दुख मत करो; इसमें तुम्हारा हाथ नहीं, यह मैं जानती हूं!'

चंद्रनाथ अब तक सहन कर रहा था–परंतु अधिक सहन नहीं कर सका। उठकर भाग गया।

शाम की पहले ही गाड़ी के समय पर स्टेशन जाना होगा। बारिश आ रही थी। घर के वृद्ध सरकार, दो-एक कपड़े और गमछा आदि लेकर कोचवान की बगल में जा बैठे। शायद उन्हें सीता की याद आ गई, इसी से आंखों के आंसू भी बड़े वेग से बरस पड़े। आंखें बंद कर उन्होंने मन-ही-मन कहा–'भगवान, मैं नौकर हूं, इसी से मेरी यह दशा हो रही है!'

जाते समय हरकाली के मन का भाव समझकर सरयू ने उसे बुलाकर प्रणाम किया। पदधूलि लेकर बोली–'मामी, एक बार बक्स देख लो!' हरकाली अप्रतिभ हो गई–'न-न, रहने दो!' लेकिन तब तक टिन का बक्स कड़कड़ाकर खुल गया–और हरकाली का ध्यान उधर खिंच गया–संवरण करना असम्भव था। तिरछी नजर से उसने देखा–भीतर दो-एक जोड़ा मामूली कपड़े दो-तीन पुस्तकें, कागज में लपेटी हुए दो-एक तस्वीरें आदि कुछ चीजें थीं। सरयू ने कहा–'केवल यही हैं।'

हरकाली धीरे-धीरे हट गई।

शाम होने से पहले सरयू गाड़ी पर जा बैठी। कोचवान गाड़ी हांककर जल्दी से फाटक के बाहर निकल गया। दो तल्ले का जंगला खोलकर मणिशंकर ने यह देखा। आज हठात् उसके मन में आया कि यह काम शायद ठीक नहीं हुआ!

ग्यारह

सारी रात मणिशंकर सो नहीं सके। रातभर उनके कानों में किसी गाड़ी की गड़गड़ाहट की तेज आवाज आती रही। तड़के ही चारपाई छोड़कर बाहर आए। देखा कि गेट पर एक अपरिचित आदमी—बुरी हालत में और अर्द्धसुप्तावस्था में बैठा है। पास जाते ही वह आदमी उठ खड़ा हुआ और बोला—'मैं राही हूं!' मणिशंकर चले जा रहे थे। उसने पीछे से पुकारा—'मणिशंकर का घर क्या यही है?'

उन्होंने लौटकर कहा—'यही है!'

'क्या आप बतला सकते हैं कि उनसे कब भेंट हो सकती है?'

'मेरा ही नाम मणिशंकर है!'

उस आदमी ने झटपट नमस्कार करके कहा—'आप ही के पास आया हूं।'

मणिशंकर ने सिर से पांव तक उसका निरीक्षण करके कहा—'काशी से आ रहे हो बाबू?'

'जी हां।'

'दयाल ने भेजा है?'

'जी हां!'

'रुपयों के लिए आए हो?'

'जी हां!'

मणिशंकर ने हंसकर कहा—'तो मेरे पास क्यों? मैं रुपया दूंगा—इसी उम्मीद में?'

उस आदमी ने सिर हिलाकर कहा—'नहीं! दलाल ठाकुर ने कहा है कि रुपए मिलने में आपसे सहायता मिल सकती है।'

मणिशंकर ने भौंहें तानकर कहा—'मिल सकती है—तो अंदर आओ।'

दोनों ही सुनसान कमरे का दरवाजा बंद करके बैठे। मणिशंकर ने कहा—'तो क्या सब कुछ सच है?'

'सब सच है!'—यह कहकर उसने कई चिट्ठियां बाहर निकाल लीं। मणिशंकर ने उन्हें शुरू से आखिर तक पढ़कर कहा—'तो इनमें बहू का क्या दोष है?'

'उसका दोष नहीं है, परंतु मां के दोष से लड़की भी दोषी हो जाती है।'

'तब जिसका अपना दोष नहीं है, उसे क्यों विपत्ति में डाल रहे हो?'

'मेरे पास भी कोई उपाय नहीं। रुपए के लिए सब कुछ करना पड़ता है!'

मणिशंकर ने कुछ देर तक सोचकर कहा—'देख बाबू यह बुरी खबर फैलाने पर—मेरे लिए भी लज्जा की बात है। चंद्रनाथ मेरा भतीजा है।'

राखालदास ने सिर हिलाकर दृढ़भाव से कहा—'मैं भी निरुपाय हूं!'

'यह बात तो तुम्हारे चेहरे से भी मालूम हो जाती है! खैर, अगर रुपया मुझे देना हुआ, तो रकम कितनी होगी?'

'अच्छा ही है! मुझे चंद्रनाथ बाबू के पास जाना नहीं पड़ेगा।'

'रुपया पाते ही तुम गांव छोड़कर चले जाओगे—और कोई बात नहीं खोलोगे, यह तय है! तय है न? बोलो—कितना रुपया चाहिए!'

'बस, दो हजार!'

मणिशंकर ने बाहर जाकर—नायब लक्ष्मीनारायण को बुलाकर दो-तीन बातें कह दीं। इसके बाद अंदर आकर बक्स खोलकर एक-एक हजार के दो नोट राखालदास के हाथ पर रख दिए और कहा—'यहां से दस कोस की दूरी पर सरकारी खजाना है, वहीं भुना लेना—और कहीं भुनाने मत जाना! फिर कभी इधर मत आना। मुझको तुमसे चिढ़ है, इसलिए अगर कभी इधर आने की कोशिश की, तो जिंदगी नहीं लौटोगे—यह भी कहे देता हूं!'

राखालदास चला गया।

थका-मांदा दोपहर को शहर पहुंचा। तब कचहरी बंद थी। कोई काम नहीं हुआ। दूसरे दिन यथासमय राखालदास ने खजांची के पास पहुंचकर, दोनों नोटों को देकर कहा—'रुपया चाहिए!'

खजांची बाबू ने दोनों नोटों को घुमा-फिराकर देखा और कहा—'बैठो!' और बाहर जाकर एक पुलिस के एक दरोगा को साथ लाकर, राखाल को दिखाकर कहा—'यही नोट चोरी हुआ है। जमींदार मणिशंकर बाबू के एक आदमी ने कहा है, कि कल तड़के ही, भीख मांगने के बहाने घर में घुसकर इसने नोट चोरी किया है, नोट का नंबर मिल गया है।'

राखालदास के कहा—'जमींदार बाबू ने खुद ही दिया है!'

खजांची ने कहा—'अच्छी बात है, हाकिम से कहो।'

यथा समय हाकिम के पास राखाल ने कहा—'जिसका रुपया है, उसी से पूछने पर सभी बातें जाहिर होंगी!' बहस के दिन डिप्टी की अदालत में जमींदार मणिशंकर ने हाजिर होकर कहा, कि उन्होंने इस आदमी को अपने जीवन में कभी नहीं देखा है। रुपया उन्हीं के बक्स में था, उन्होंने कभी किसी को नहीं दिया। राखाल ने अपने बचाने के लिए कितनी ही बातें कहनी चाहीं। बहुत कुछ हाकिम ने लिख लिया, और बहुत कुछ मणिशंकर के वकील मुख्तार ने गोलमाल कर दिया। सबसे

बड़ी बात यह हुई कि उसकी बातों पर किसी ने विश्वास नहीं किया, और डिप्टी ने उसे दो साल के कठोर कारावास का दण्ड दे दिया।

बारह

हरिदयाल के घर पुरानी दाइयां तक नहीं रहीं, और की तो बात ही करना बेकार है! सरयू ने जब घर में प्रवेश किया, तो सुनसान घर हा-हाकार कर रहा था। वृद्ध सरकार ने रोकर कहा—'मां, तो मैं जाऊं?'

सरयू प्रणाम करके, सिर झुकाए खड़ी रही सरकार रोते-रोते चल पड़े—दयाल ठाकुर के आने तक इंतजार नहीं कर पाए—इच्छा भी नहीं थी।

शाम को दयाल घर आए। सरयू को दालान में बैठी देखकर बोले—'कौन?'

सरयू प्रणाम करके उठ खड़ी हुई। सिर उठाकर बोली—'मैं हूं।'

'सरयू?'—दयाल ने विस्मित होकर गौर से देखा कि सरयू के शरीर पर एक भी गहना नहीं है। कपड़े भी मामूली हैं। नौकर-नौकारानी कोई भी साथ नहीं आई, और पास ही एक बक्स पड़ा है। सभी बातें समझकर उपहास करके बोले—'जो सोचा था वही हुआ! निकाल दिया है?'

सरयू चुप रही।

दयाल ठाकुर ने तब अत्यंत कड़े स्वर में कहा—'यहां तुम्हें जगह नहीं मिलेगी। एक बार आश्रय देकर मैं बहुत सीख चुका हूं—अब नहीं!'

सरयू ने सिर झुकाए ही पूछा—'मां कहां है?'

'मां भाग गई! मुझे डुबाकर अलग हो गई!! जैसी दरिद्र थी, वैसा ही किया!!!' क्रोध के मारे उनका सारा शरीर कांप रहा था। हठात् व्यंग करके कह उठे—'कहा नहीं जाता—पर जहां होगी; सुख से होगी।'

सरयू वहीं बैठ गई। वह तो अंत में मां के पास ही आई थी।

दयाल कहने लगा—'मैं तुम्हें जगह देकर अपनी जाति नहीं गंवाना

चाहता! जो तुम्हें आदर से ले गया था—अंत में वह तुम्हारा सिर ढंकने के लिए एक झोंपड़ा भी न बांध सका—इसी से मेरे पास रख गया? जाओ यहां से!'

अब सरयू रो पड़ी। बोली—'दादा महाशय, मां नहीं है, मैं जाऊं कहां?'

हरिदयाल के मन में अब कोई माया-ममता नहीं थी। उसने स्वच्छंदता से कहा— 'काशी जैसी जगह में तुम्हारे लिए स्थान की कमी नहीं! सुविधानुसार एक स्थान खोज लो!!'—वह अत्यंत तेज ज्वाला में जल रहा था, इसी से ऐसी बात भी कह सका।

सरयू के पति ने उसे अपने घर में जगह न दी, तो हरिदयाल क्यों देगा? सरयू यह समझ गई, कि इसमें उसे दोष देने लायक कुछ भी नहीं था; परंतु उसके लिए भी तो कहीं खड़े होने की और कोई जगह नहीं थी। पति के घर अतिथि की तरह, दो दिनों के आदर-यत्न के लिए गई थी, अब विदाई हो गई! वही यत्नपरायण गृहस्थ, अब लौटकर नहीं देखेगा कि वह अतिथि गया कहां? बड़ी यातना से उसके नीरव अश्रु बह गए। यह उसकी सोलह साल की उम्र थी—उसकी सभी इच्छाएं पूरी हो गई थीं। माता नहीं थी, पिता नहीं थे, पति ने परित्याग कर दिया। खड़े होने की जगह नहीं है। है केवल कलंक, लज्जा और विपुल रूप-यौवन। यह लेकर सरयू का चलना मुश्किल था। वह सोचती कि उसकी कितनी उम्र है, और कितने दिनों और जीना होगा। जितने दिन भी हों, पर आज उसका नया जन्म हुआ है। यद्यपि उसने पहले भी दुःख तकलीफ भोगी थी—परंतु इस तरह का तीव्र अपमान और लांछना क्या उसने कभी भोगी थी? दयालु ठाकुर की आवाज उत्तरोत्तर तेज होती गई। अबके चिल्ला पड़े—'अभी तक बैठी हो?'

सरयू ने घबराकर पूछा—'कहां जाऊं?'

'मैं क्या जानूं?'

सरयू ने रुंधे कण्ठ से कहा—'दादा महाशय, आज रात को....।'

'दूर-दूर, एक मिनट भी नहीं!'

अबकी सरयू उठ खड़ी हुई। उसे आश्चर्य हुआ और वह सोचने लगी—जिसके पास सैकड़ों अपराधों के लिए भी क्षमा-याचना करने का अधिकार था और उससे भी जब याचना नहीं की, तो दूसरों से क्यों करूं? मन-ही-मन बोली—'और कुछ नहीं है, तो काशी की गंगा तो अभी सूखी नहीं है! उसे समाज का भी डर नहीं और उसकी जाति भी नहीं जाती—ऐसे दुख के समय एक दुखिया लड़की को स्वच्छंदता से वह गोद में ले लेगी। मुझे और कहीं आश्रय न मिले, परंतु वहां तो मिलेगा ही!' सरयू चलने को उद्यत हुई, परंतु चल नहीं पाई, फिर बैठ गई।

दयाल ठाकुर ने सोचा—कि ऐसी विपत्ति में वह कभी नहीं फंसा था। उसका गला सूखा जा रहा था। उसने चिल्लाकर कहा—'बिना अपमान किए शायद नहीं जाओगी? अभी दूर हो जाओ।'

इस समय अचानक बाहर से पुकार आई—'बाबाजी!'

हरिदयाल घबरा उठा—'यह शायद काका आ रहे हैं' कहते-कहते ही कैलाशचंद्र, एक हाथ में शतरंज की पोटली और दूसरे में हुक्का लिए अंदर आ गए। वे चले ही आ रहे थे, ऐसी बात नहीं। गोलमाल सुनकर—बाहर खड़े-खड़े—हरिदयाल द्वारा सरयू का तिरस्कार और गाली-गलौज सुन रहे थे। इसी से जब अंदर आए, तो हाथ में शतरंज की पोटली और हुक्का था, परंतु मुंह पर हंसी नहीं थी। सीधे सरयू के पास जाकर खड़े हो गए और बोले—'अरे, सरयू, कब आई बेटी?'

सरयू कैलाश काका को पहचानती थी। उसने प्रणाम किया।

उन्होंने आशीर्वाद दिया—'आओ मां, आओ! अपने बच्चे के घर न जाकर, यहां आ गई मां?' इसके बाद हुक्का नीचे रखकर, सरयू के टिन

के बक्स को बगल में दबाकर बोले—'चलो मां, रात हो रही है।'

सरयू कुछ भी साफ-साफ नहीं समझ सकी। सिर झुकाए बैठी रही।

कैलाशचंद्र घबरा गए। बोले—'अपने बुड्ढे बेटे के घर चलने में लाज किस बात की? वहां कोई तुम्हारा अपमान नहीं करेगा! मां-बेटे मजे में रहेंगे!! चलो मां, देर न करो!!!'

सरयू फिर भी नहीं उठ पाई।

हरिदयाल ने पुकारकर कहा—'काका, क्या कर रहे हो?'

'कुछ नहीं बाबाजी!'—किंतु तभी सरयू के बिल्कुल नजदीक आकर, उसका हाथ पकड़ते-पकड़ते कातर स्वर से बोले—'चलो न मां क्यों बेकार खड़ी बातें सुन रही हो?'

सरयू को उठते हुए देखकर हरिदयाल ने कहा—'काका, इसे क्या घर ले जा रहे हो?'

काका ने जवाब दिया—'नहीं बाबा, रास्ते में बैठाने ले जा रहा हूं!'

व्यंग्य सुनकर हरिदयाल ने चिढ़कर कहा—'किंतु काका, काम अच्छा नहीं हो रहा। कल क्या होगा—सोच लेना!'

कैलाशचंद्र ने उसका जवाब नहीं दिया, किंतु सरयू को कहा—'जल्दी चलो मां, नहीं तो और न मालूम क्या कह दे!'

सरयू दरवाजे से बाहर आ गई। कैलाशचंद्र भी सिर पर बक्स रखकर पीछे चले।

हरिदयाल ने अंत में कहा—'काका अंत में क्या जाति गंवाओगे?'

कैलाशचंद्र ने बिना लौटे ही कहा—'बाबाजी, अगर यह लेनी है तो ले सकते हो।'

'हम लोगों के साथ खाना-पीना बंद हुआ!' हरिदयाल ने घोषणा की।

कैलाशचंद्र अब की लौटकर खड़े हो गए। बोले—'दयाल, कब

किसके घर कैलाश काका ने पत्तल पाया है?'

'सो न पाया हो, परंतु सावधान किए देता हूं।'

कैलाश ने भौंहें सिकोड लीं। उनके इतने दिनों के काशीवास में—आज यह क्रोध दिखलाई दिया। बोले—'हरिदयाल, मैं न तो काशी का पण्डा हूं और न यजमान खोजकर अपना भोजन पाता हूं! मुझे डर किस बात का दिखला रहे हो? मैं जो अच्छा समझता हूं, वही हमेशा करता हूं—आज भी वही कर रहा हूं। उनके लिए तुम्हें चिंता करने की जरूरत नहीं!!'

हरिदयाल के रुखाई से कहा—'तुम्हारी भलाई के लिए.... ।'

'रहने दो बाबाजी! अगर पैंसठ साल तुम्हारे परामर्श के बिना ही काट दिए—तो बाकी दो-चार साल भी तुम्हारे परामर्श के बिना कट जाएंगे। जाओ बाबाजी, घर जाओ।'

हरिदयाल लौट पड़ा।

कैलाशचंद्र घर लौटकर बक्स नीचे उतारकर सहज भाव से बोले, 'यह तुम्हारा घर है मां, मैं तुम्हारा बेटा हूं! बस, बुड्ढे की थोड़ी-बहुत देखभाल करो, और अपना घर संभालो--और क्या हूं?'

कैलाश को और कोई बात कहनी थी या नहीं, कह नहीं सकता। परंतु सरयू ने बड़ी देर तक आंखें पोंछते-पोंछते सोचकर देखा, कि उसे और कुछ नहीं कहना है।

सरयू को आश्रय मिल गया।

तेरह

शरद्-काल का स्निग्ध और मधुर प्रातःसमीर जब चंद्रनाथ के कमरे में प्रवेश करता है, तो सारी रात के दीर्घ जागरण के बाद, चंद्रनाथ उसी समय सो पड़ता है। उसके बाद सूरज की तेज किरणें, जब जंगले से होकर,

उसके मुंह पर और आंखों पर पड़ती हैं, तो चंद्रनाथ की नींद फिर टूट जाती है। किंतु नींद की गहनता किसी तरह भी टूटना नहीं चाहती, अंग-प्रत्यंग में वह समाई रहती है। फिर भी वह जबरन, बिछौना छोड़कर बाहर आ जाता है। दिनभर कोई काम नहीं, कोई मनोरंजन नहीं, कोई उत्साह नहीं, और करीब-करीब कोई दुख भी नहीं रहता। सुख की कामना तो उसने बिल्कुल ही छोड़ दी है! क्षीणकाय नदी में, संध्या समय, कोई भारी नाव जिस तरह इधर-उधर मंथन गति से सरकती है, और फिर जैसे स्वेच्छा से रुक जाती है—ठीक वैसे ही चंद्रनाथ का भावी दिन भी, एक सूर्योदय से लेकर दूसरे सूर्योदय तक रुका रहता। उसे कोई शुबहा नहीं रहा कि जिस दिगंत-प्रसारित कालमेघ ने उसके सुख-सूर्य को जीवन के मध्य में ही आच्छादित कर दिया है—उस मेघ की आड़ में ही एक दिन वह सूर्य अस्त हो जाएगा। इस जीवन में फिर मुलाकात न होगी। उसके नीरव और निर्जन कक्ष में, निराशा की यह काली छाया प्रतिदिन घनी और काली होने लगी और उसी के बीच बैठा चंद्रनाथ, अलसाई आंखों से दिन बिताने लगा।

हरकाली कहती है—'इस अगहन महीने में ही चंद्रनाथ की फिर शादी होगी।' चंद्रनाथ चुप था। यह चुप रहना, उसकी सहमति का लक्षण था या असहमति का, इस बात को लेकर पति-पत्नी में बहस होती थी। मणिशंकर बाबू से पूछने पर उन्होंने कहा—'चंद्रनाथ से पूछे बिना कुछ कहा नहीं जा सकता!'

अबकी कार्तिक मास में दुर्गा-पूजा है। मणिशंकर ठाकुर के दालान से सबेरे से गूंजती शहनाई की आवाज, सबके कानों में आगामी आनंद की घोषणा करती थी। चंद्रनाथ की नींद टूट गई। अलसाई आखों से बिछौने पर पड़ा सुन रहा था—एक-एक करके कितने ही स्वर बज जाते, परंतु एक भी स्वर उसे आनंदित नहीं कर सका; बल्कि धीरे-धीरे उसके

हृदय-आकाश पर घने काले बादल घिरने लगे। आज हठात् उसके मन में आया—कि यहां अब रहा नहीं जा सकता! एक नौकर को बुलाकर कहा—'मेरा सामान वगैरह ठीक कर दो, आज रात की गाड़ी से इलाहाबाद जाऊंगा!'

यह बात सुनते ही हरकाली दौड़ी आई, ब्रजकिशोर आकर समझाने लगे, और यहां तक कि मणिशंकर खुद भी आकर अनुरोध करने लगे—'आज छठ के दिन कहीं जाने का काम नहीं है!'

मगर चंद्रनाथ ने किसी की बात नहीं मानी।

दोपहर को हरिबाला आ पहुंची। सरयू के जाने के समय से, इस घर में वह कभी नहीं आई थी।

चंद्रनाथ से उसे देखकर कहा—'हठात् दीदी को कैसे याद आई?'

दीदी ने उसका जवाब न देकर पूछा—'आज बाहर जा रहे हो?'

चंद्रनाथ ने कहा—'जा रहा हूं!'

'पश्चिम जाओगे?'

'जाऊंगा!'

हरिबाला ने कुछ सोचकर मधुर स्वर में पूछा—'दादा, कहीं और भी जाओगे?'

चंद्रनाथ ने हरिबाला का अभिप्राय समझकर कहा—'नहीं!' इसके बाद अन्यमनस्क भाव से इधर-उधर हिलने लगा।

हरिबाला जो बात कहने आई थी—उसे कहते हुए लज्जा भी आ रही थी और साहस भी नहीं हो रहा था, किंतु कुछ देर चुप रहकर, हिम्मत करके बात कह दी—'दादा, उसके लिए कुछ उपाय नहीं किया?' दोनों जब सामने आए, तभी से दोनों मन-ही-मन यह बात सोच रहे थे। इसी मामूली बात से दोनों की आंखों में आंसू आ गए। चंद्रनाथ ने आपा संभालकर, दूसरी ओर मुंह फेरकर कहा—'उपाय और क्या करूंगा दीदी!'

'काशी में वह कहां है?'

'शायद अपनी मां के पास है!'

'सो तो है, किंतु....!'

चंद्रनाथ ने उसकी ओर दिखकर कहा—'किंतु क्या?'

ठानदीदी के कुछ देर मौन रहकर मधुर स्वर में कहा—'नाराज मत होओ, दादा.... ।'

चंद्रनाथ चुपचाप देखता रहा।

ठानदीदी ने उसी तरह विनती के स्वर में कहा—'कुछ रुपया-पैसा उन्हें देना, दादा! आज तो वह अकेले हैं, परंतु कुछ दिनों बाद.... ।'

चंद्रनाथ बात समझकर भी नहीं समझा, कहा—'दो दिन बाद क्या?'

बड़ी-बड़ी दो बूंदे हरिबाला ने चंद्रनाथ के सामने ही पोंछ दीं। बोली—'उसके पेट में जो है, अगर वह सकुशल रहा तो.... ।'

चंद्रनाथ सिर से पांव तक कांप गया। झटपट कह उठा—'ठानदीदी, आज शायद छठ है?'

'हां भाई!'

'तो आज....'

'नहीं जाने की सोच रहे हो?'

'वही सोच रहा हूं!'

'तो यही करो! पूजा के बाद जहां चाहो, जाओ। इन कुछ दिनों तक घर ही रहो!'

न मालूम क्या सोचकर चंद्रनाथ इस पर राजी हो गया।

विजयदशमी के बाद, एक दिन चंद्रनाथ ने गुमाश्ता को बुलाकर कहा—'सरकार महाशय, काशी में उसे रखने गए थे, तो क्या हरिदयाल ने कुछ कहा था?'

सरकार ने कहा—'उससे मेरी मुलाकात नहीं हुई?'

चंद्रनाथ के डरकर कहा—'मुलाकात नहीं हुई? तो किसके पास छोड़ आए? उसकी मां से तो भेंट हुई थी?'

सरकार ने सिर हिलाकर कहा—'जी नहीं, घर में तो कोई नहीं था!'

'कोई नहीं था? उस घर में कोई रहता है या नहीं—यह पता तो लगाना था? हरिदयाल कहीं और भी तो रह सकता है!'

सरकार ने कहा—'यह पता लगाया था। दयाल घोषाल उसी घर में रहते थे!'

चंद्रनाथ ने निःश्वास छोड़कर, क्षणभर तक चुप रहकर पूछा—'अब तक कितना रुपया भिजवाया है?'

'जी, रुपया-पैसा तो कुछ भेजा नहीं!'

'भेजा नहीं?—चंद्रनाथ ने विस्मय, वेदना और उत्कंठा से पीला पड़ते हुए कहा—'क्यों?'

सरकार ने लाज के मारे पानी-पानी होकर कहा—'मामाजी ने कहा कि पांच रुपयों के हिसाब से कुछ भेजना काफी होगा!'

जवाब सुनकर चंद्रनाथ आग-बबूला हो गया।

'पांच रुपए के हिसाब से? क्यों? रुपया क्या मामाजी का है! आप प्रति मास काशी के पते से, पचास रुपए भेज दिया कीजिए!'

'जो आज्ञा!'—कहकर सरकार स्तम्भित होकर धीरे-धीरे चले गए।

हरकाली ने यह सुनकर, आंखें सिर पर चढ़ाकर कहा—'वह पागल हो गया है!' सरकार को बुलाकर भीतर से जोर से हंसी। उस हंसी की गहनता वृद्ध सरकार सुन भी पाए और समझ भी पाए। हरकाली ने कहा—'सरकार महाशय, कितना रुपया भेजने को कहा है?'

'हर महीने पचास रुपया!'

भीतर से फिर तिरस्कार की हंसी सुनकर सरकार घबरा गए। बहुत

हंसने के बाद हरकाली गंभीर हुई। भीतर से बोली—'ओह, गुस्से के कारण बच्चे को अब ज्ञान नहीं रहा कि वह कलमुंही ऐसी है! पचास रुपए नकद दे दो—कुछ समझे सरकार महाशय? चंद्रनाथ की इच्छा नहीं है कि एक पैसा भी दिया जाए!'

बात सरकार महाशय ने पहले कुछ समझी नहीं। परंतु मन-ही-मन जब हिसाब कियाए तो हरकाली की ही बात ठीक लगने लगी! जिसे घर से निकाल दिया जाता है, उसे कोई इच्छापूर्वक रुपया देता है?

सोच-विचार कर बोले—'तो आप जो कहें।'

'कहूं और क्या! यह मामूली बात समझ में नहीं आई?'

सरकार महाशय ने अप्रतिभ होकर कहा—'वही होगा!'

'हां वही! परंतु पांच रुपए के हिसाब से भेजिएगा। चंद्रनाथ अगर न दे, तो हमारे हिसाब में से पांच रुपया भेजिएगा!'

हरकाली महीने में पचास रुपया, अपने निजी खर्च के लिए पाती थी।

सरकार महाशय ने जाते समय कहा—'यही भेजूंगा।'

चंद्रनाथ घर में नहीं था, इलाहाबाद गया था। सरकार महाशय ने सोचा कि चिट्ठी लिखकर उसकी राय ले लें, किंतु बाद में सोचा कि इस तरह की बेकार बात को बढ़ाना, अपनी ही बेवकूफी जाहिर करना है!

चौदह

इस घटना के बाद दो साल गुजर गए। इन दो सालों में और कोई परिवर्तन हुआ हो या न हुआ हो, परंतु कैलाश काका के जीवन में बहुत परिवर्तन हुआ। जिस दिन उसकी कमला चली गई थी, जिस दिन उसके कमलाचरण ने अंतिम निःश्वास छोड़कर आंखें मूंद ली थीं—उसी दिन से सारे संसार ने भी कैलाशचंद्र की ओर से आंख मूंद ली थी। परंतु सरयू के इस क्षुद्र

शिशु ने उसे फिर विस्मृत संसार के उसी स्नेहमय जटिल पथ पर लौटा दिया था। उस दिन उनकी दोनों आंखों में, बहुत दिनों बाद फिर आंसू आ गए थे। आंखें पोंछकर उन्होंने कहा था–'मेरे घर विश्वेश्वर आए हैं!' अभी वह छोटा था–'विशु' कहकर पुकारने पर जवाब नहीं देता था, केवल देखता था। तब वह सरयू की गोद में और लखिया की मां की गोद में, और बिछौने पर सोया रहता था। परंतु जिस दिन से उसने, अपने दोनों चंचल पैरों से चौखट के बाहर जाना सीख लिया–उस दिन से वह समझ गया कि दूध की अपेक्षा पानी अच्छा है। द्विविधाशून्य होकर, साफ या गंदे हर तरह के जलपात्रों में मुंह डुबाकर और सरयू की नजर बचाकर वह गले तक पानी पीता। और जिस दिन से उसे विश्वास हो गया कि उसके शुभ्र और कोमल पेट और मुंह पर कोयला या धूल पोत देने से ही उसके शरीर की शोभा बढ़ जाती है–उस दिन से सरयू की गोद छोड़कर, मिट्टी और धूल से सनकर कैलाशचंद्र की गोद में जगह ले ली। सवेरे की कैलाशचंद्र पुकारते–'विशु'–और विशु मुंह उठाकर कहता–'दादू!' कैलाशचंद्र कहते–'चलो तो दादा, शम्भू मिश्र को बाजी दे आएं'–और वह कैसे शतरंज की पोटली हाथ में लेकर–'चलो' कहकर, दोनों बांहों को पसार कर वृद्ध के गले से लग जाता है। कैलाशचंद्र के आनंद की सीमा नहीं थी। सरयू को पुकारकर कहते–'मां! मेरा विशु एक दिन पक्का खिलाड़ी होगा!' सरयू मुंह दबाकर हंसती और विशु शतरंज की पोटली लेकर, बुड्ढे की गोद में चढ़कर शतरंज खेलने निकल जाता। रास्ते में जाते हुए, अगर कोई मजाक में कहता–'काका, बुढ़ौती में दो और हाथ बढ़ रहे हो?'

तो वृद्ध जरा हंसकर कहते–'बाबाजी, इन दोनों हाथों में अब जोर नहीं है, बिल्कुल सूख गए हैं, इसी से दो नए हाथ निकाल लिए हैं, ताकि संसार में कहीं दब न जाऊं।'

वे चले जाते हैं–बुड्ढे के सामने बात में वे जीत जो नहीं सकते।

शम्भू मिश्र के घर शतरंज खेलते समय, श्रीमान् विश्वेश्वर की भी एक निर्दिष्ट स्थान रहता है। दादाजी की जांघ पर बैठा हुआ और लाल रंग का गमछा हिला-हिलाकर वह इस तरह गंभीर भाव से देखता है, जैसे आवश्यकता पड़ने पर वह भी दो-एक चाल बता सकता है।

हाथी दांत की बनी हुई गोटियां जब एक-एक करके दादाजी के हाथ में आती, तो अत्यंत उत्साह से विश्वेश्वर भी उसे लेकर पेट पर दबा रखता। किंतु लाल रंग के वजीर पर ही उसका आवेग ज्यादा रहता है। जब तक यह हाथ में नहीं आ जाता, तब तक वह उधर ही ललचाई आंखों से देखता रहता है। बीच-बीच में तकाजा करके कहता—'दादू इसे'। खेलने में व्यस्त कैलाशचंद्र कहते—रुको भाई।' तो कभी वह आस-पास हट जाता और कैलाशचंद्र भी चंचल भाव से एक बार विशु की ओर, और एक बार शतरंज की ओर देखते। जब ज्यादा गोलमाल होता और एक गोट्टी हार जाते, तो पुकारकर कहते—'दादू, हारता जा रहा हूं—आओ, आओ दौड़ आओ!' विश्वेश्वर लौटकर अपनी पहली जगह पर बैठ जाता है, और साथ-ही-साथ बुड्ढा भी दूने उत्साह से खेलने लगता है। खेल खत्म होने पर वह लाल वजीर को हाथ में लेकर दादाजी की गोद में चढ़कर लौट आता है।

इसी तरह कैलाशचंद्र के दिन कट रहे थे। पुराने बंधे नियमों में काफी परिवर्तन हो गया है। पहले की तरह शतरंज की पोटली का उतना इंतजाम नहीं किया जाता है, बल्कि वह एक कोने में पड़ी रहती और कभी-कभी शम्भू मिश्र के यहां सवेरे ही पहुंचने की सुविधा नहीं होती। गंगा पाण्डे का दोपहर का खेल तो एक तरह से बंद ही हो गया है, और शाम को मुकुंद घोष की बैठक में भी अब उतने आदमी नहीं जमते—मुकुंद घोष पुकार-पुकारकर रह जाते—कैलाशचंद्र रात को किसी तरह भी नहीं मिल पाते। उस समय वे चिराग के सामने बैठकर नए शिष्य को खेल

सिखाते रहते। कहते–'विशु, घोड़ा ढाई कदम चलता है।'

विशु गंभीर भाव से कहता–'घोला?'

'हां, घोड़ा।'

'घोला चए? (मतलब की घोड़ा चले)

'हां, घोड़ा चले, ढाई कदम चले!'

विश्वेश्वर के मन में नई बात आती, कहता–'गाई चए....।'

कैलाशचंद्र प्रतिवाद करते रहते–'नहीं दादा, यह घोड़ा गाड़ी नहीं खींचता। वह घोड़ा अलग है!'

सरयू उस समय पास रहती, तो पुत्र की तेज बुद्धि देखकर, मुंह पर कपड़ा देकर हंसती हुई चली जाती।

विशु उंगली बढ़ाकर कहता–'यह' अर्थात् लाल रंग का मंत्री चाहिए। वृद्ध किसी तरह भी नहीं समझ पाते कि इतनी चीजें रहने पर भी, उसकी नजर लाल रंग के वजीर पर क्यों रहती है।

किंतु विनती आलने लायक जो नहीं! वृद्ध पहले दो-एक छोटी गोटियां हाथ में लेकर भुलावा देने की कोशिश करता, परंतु विशु बड़ा चालाक था, किसी तरह भुलावे में नहीं आता। तब अनिच्छा से वे, उसके बढ़े हुए छोटे हाथों पर वह चीज रख देते और कहते–'देखना दादा, खो न जाएं!'

'क्यों?'

'मंत्री के भूलने पर कौन-सा खेल चलता है?'

'नहीं चलता?'

'किसी तरह भी नहीं!'

विशु गंभीर होकर कहता–'दादू–मनती?'

'हां दादू, मंत्री!'

उस दिन भोलानाथ चटर्जी के घर कथा हो रही थी, तो कैलाशचंद्र

ने पुकारा—'विशु, चलो भइया, कथा सुन आएं!'

विश्वेश्वर तब लाल कपड़ा पहनकर, कुर्त्ता पहनकर, टीका लगाकर, गाल संवारकर, 'दादू' की गोद में चढ़कर कथा सुनने चला गया। कथाकार ठाकुर, राजा भरत का उपाख्यान कह रहे थे। करुण कण्ठ से गा रहे थे कि कैसे उस वनवासी महापुरुष की गोद में एक हिरण का बच्चा आ गिरा था, और कैसे उस हाल में पैदा हुए मृग-शावक के कातर नयन दया की भीख मांग रहे थे। अहा, राजा भरत ने निराश्रय को आश्रय दिया था। उसी समय विशु जरा खिसककर बैठा था। कैलाशचंद्र ने उसे गोद में खींच लिया।

इसके बाद कथाकार ने गाया—कि कैसे वही मृगशावक, पल-पल और क्षण-क्षण और दिनोंदिन उनके छिन्न स्नेह-डोर को गूंथने लगा। कैसे उसने उस विलुप्त माया-जाल को चारों ओर फैला दिया, कैसे वही मृगशावक नित्यकर्म, पूजा पाठ, और यहां तक कि ईश्वर-चिंतन के समय भी आ जाता। ध्यान के समय उनके मन में दिखलाई देता कि वही निराश्रय मृगशावक, सजल और करुण दृष्टि से उनकी ओर देख रहा है—इसके बाद वह बड़ा होने लगा। धीरे-धीरे कुटी छोड़कर प्रांगण में, प्रांगण छोड़कर पुष्प-वाटिका में, और इसके बाद जंगल में—और फिर धीरे-धीरे घने जंगले में दूर तक स्वेच्छा से विचरण करने निकल जाता है। उसके आने में देर होती, तो राजा भरत उत्सुक हो जाते। जोर-जोर से पुकारते— 'आओ-आओ!' इसके बाद कवि स्वयं रो पड़ा, और सबको रुलाकर उच्छ्वसित कण्ठ से गाने लगा, कि कैसे वे एक दिन हमेशा के लिए माया-जाल तोड़ आए थे—जंगल का जानवर जंगल में चला गया, आदमी की व्यथा नहीं समझ सका। वृद्ध भरत ने तेज स्वर में पुकारा—'आओ, आओ, आओ!' कोई नहीं आया, किसी ने उस व्याकुल आह्वान का उत्तर नहीं दिया। तब उन्होंने सारा जंगल छान डाला। प्रत्येक कंदरा में, प्रत्येक

पेड़ के नीचे, प्रत्येक लता-कुंजों में रो-रोकर पुकारा—'आओ, आओ, आओ!' मगर कोई नहीं आया। पहले उनका खाना-पीना और सोना छूट गया, पूजा-पाठ छूट गया, और फिर उनका ध्यान और चिंतन—सब उसी स्नेहपात्र के पीछे-पीछे, निरुद्देश्य वन-पथ में भटकने लगा।

कवि ने गया—कि मृत्यु की काली छाया ने जमीन पर पड़े हुए भरत के शरीर पर अधिकार कर लिया। गला रुंध आया फिर भी प्यासे होंठ धीरे-धीरे कांप जाते, जैसे अब भी बुला रहे हों—लौट आओ, लौट आओ!'

विश्वेश्वर को जोर से अपनी छाती से चिपटाकर कैलाशचंद्र हो-हो करके रो पड़े। उनके हृदय का अंतस्तल तक कांप-कांपकर रो उठा—'आओ आओ, आओ!'

सभा में किसी को भी, बुड्ढे का यह रोना अस्वाभाविक नहीं लगा क्योंकि उम्र के साथ सबका कोई-न-कोई खो गया था और सबका हृदय रो-रोकर पुकार रहा था—'लौट आओ, लौट आओ, लौट आओ!'

कैलाशचंद्र ने आंखें पोंछकर, विश्वेश्वर को गोद में लेकर कहा—'चलो भइया, घर चलें—रात हो गई!'

विशु गोद में चढ़कर घर चला। वहीं देर तक एक ही जगह बैठे-बैठे उसे नींद आ रही थी। वह रास्ते में सो गया।

घर पहुंचकर कैलाशचंद्र ने सरयू की गोद में उसे देकर कहा—'ले मां, तुम्हारी चीज तुम्हारे पास रहे!'

सरयू ने देखा कि बुड्ढे की आंखें आज बहुत भारी हो गई हैं।

पंद्रह

इन दो सालों तक चंद्रनाथ का अपने घर से कोई संबंध ही नहीं रहा। केवल रुपयों की जरूरत पड़ने पर वह सरकार को पत्र लिखता, और सरकार लिखे हुए पते पर रुपया भेज देता।

दुखित होकर हरकाली बीच-बीच में उसे चिट्ठी लिखती। ब्रजकिशोर लौट आने के लिए चिट्ठी लिखते। मणिशंकर ने दो-एक पत्र लिखे थे कि उनकी शारीरिक हालत बिगड़ती जा रही है—ऐसे समय में एक बार उसे देखने की इच्छा होती है।

पहले चंद्रनाथ ने उन बातों पर ध्यान नहीं दिया किंतु जिस दिन हरिबाला ने लिखा कि एक बार आओ, कुछ कहना है—उसी दिन वह टिकट लेकर गाड़ी में जा बैठा।

हरिबाला यदि कुछ कहे, यदि कोई चिट्ठी कोई हस्तलिखित प्रमाण दिखला पाए, याद उसे विगत सुखों का आभास मिल सके—तो कोई बात नहीं। फिर भी चंद्रनाथ तुरंत ही घर पहुंच जाना चाहता था। परंतु जिस आशा से इतनी दूर से दौड़ा आया, घर पहुंचने पर वैसा कुछ भी नहीं दीखा। हरिबाला से भेंट होने पर उसने पूछा—'ठानदीदी, और कुछ नहीं कहोगी?'

'नहीं और कुछ नहीं?'

निराश होकर चंद्रनाथ ने कहा—'तो बेकार ही तकलीफ देकर लौटा लिया।'

'घर न आना क्या अच्छा लगता है?'—इसके बाद लम्बी सांस छोड़कर बोली—'दादा, जो होना था, हो गया—अब तुम्हारी गृहस्थी न बनने तक हमें चैन नहीं मिलेगा।'

चंद्रनाथ ने उदास होकर मुंह फेरकर कहा—'तो मैं क्या करूं?'

किंतु मणिशंकर ने किसी तरह नहीं छोड़ा, हाथ पकड़कर कहा—'बाबा, मुझे माफ करो! उसी दिन से जिस आग में जला जा रहा हूं, उसे केवल अंतर्यामी ही जानते हैं!!'

चंद्रनाथ को दुख हुआ, परंतु कोई बात कह नहीं सका।

मणिशंकर फिर कहने लगे—'फिर विवाह करके गृहस्थ बन जाओ। मैंने तुम्हारे मन लायक लड़की खोज रखी है—केवल तुम्हारी राय जानने

की देर है; अभी वचन नहीं दिया। बेटा, एक गृहस्थी खत्म होने पर आदमी क्या दूसरी गृहस्थी शुरू नहीं करता?'

चंद्रनाथ ने धीरे-धीरे कहा—'एक गृहस्थी खत्म हो गई—यह जानने पर कर सकता हूं!'

'दुर्गा-दुर्गा—ऐसी बात न हो, बाबा।'

चंद्रनाथ चुप रहा।

मणिशंकर ने हठात् रोककर कहा—'मेरे मन में होता है कि मेरे ही कारण तुम्हें गृहस्थी छोड़नी पड़ी। यह दुख मेरे मरने पर भी खत्म नहीं होगा!'

चंद्रनाथ ने बड़ी देर तक सोचकर कहा—'कहां संबंध स्थिर किया है?'

मणिशंकर आंखें पोंछकर उठ बैठे। बोले—'कलकत्ते में! तुम एक बार खुद ही देख आते तो अच्छा होता!!'

चंद्रनाथ ने कहा—'तो कल ही जाऊंगा।'

मणिशंकर ने आशीर्वाद देकर कहा—'वही करो! यदि पसंद हो तो लिखना, मैं घर भर को लेकर एक बारगी कलकत्ता आ पहुंचूंगा।' कुछ देर में बोले—'मुझे और अधिक दिनों तक नहीं रहना है चंद्रनाथ, तुम्हें सुखी और गृहस्थ देखकर मैं चैन से मर सकूंगा!'

दूसरे दिन चंद्रनाथ कलकत्ता आया। साथ में मामा ब्रजकिशोर भी आए थे। लड़की देखी जा चुकने के बाद ब्रजकिशोर ने कहा—'कन्या देखने में लक्ष्मी-सी लगती है।'

चंद्रनाथ मुंहफेरे रहा, अच्छा-बुरा कुछ भी नहीं बतलाया।

स्टेशन आकर टिकट लेकर दोनों ही गाड़ी में जा बैठे। ब्रजकिशोर ने पूछा—'तो बाबाजी, पसंद तो आई न?'

चंद्रनाथ ने सिर हिलाकर कहा—'नहीं!'

ब्रजकिशोर जैसे आकाश से जमीन पर गिर पड़े—'ऐसी लड़की, और फिर भी पसंद नहीं?'

चंद्रनाथ ने सिर हिलाकर कहा—'नहीं!'

ब्रजकिशोर मन-ही-मन सोचने लगे—कि उन्होंने सरयू को नहीं देखा था।

इसके बाद निर्दिष्ट स्टेशन पर ट्रेन रुकी और ब्रजकिशोर उतर गए। चंद्रनाथ ने टिकट इलाहाबाद का लिया था।

ब्रजकिशोर ने कहा—'तो कब तक लौटोगे?'

'काका को मेरा प्रणाम कहकर बतला दीजिएगा कि जल्दी आने की इच्छा नहीं है!'

मणिशंकर ने यह बात सुनकर सिर पीटकर कहा—'जो होना होगा वह होगा—मैं स्वस्थ होते ही, खुद ही जाकर बहू को लौटा लाऊंगा। झूठ-मूठ ही समाज के भय के कारण, हमेशा के लिए नरक का भागी नहीं बनूंगा। और समाज का दोष ही क्या? दोष तो मेरा ही है!'

हरकाली ने यह खबर सुनकर दांत-से-दांत रगड़कर कहा—'दिमाग खराब हो गया है।' सरकार को बुलाकर उसने पूछा—'चंद्रनाथ ने क्या कहा था?'

सरकार ने बताया—'आज तक कितना रुपया काशी भिजवाया गया—बस, इतना ही पूछा!'

हरकाली चेहरे का भाव अत्यंत भीषण बनाकर चली गई।

सोलह

चंद्रनाथ ने इलाहाबाद का टिकट लिया था, परंतु बीच में अकस्मात् संकल्प बदल गया और वह काशी आ पहुंचा।

साथ में जो दो नौकर थे, उन्होंने किराए की गाड़ी तय करके सामान

इत्यादि चढ़ा दिया। चंद्रनाथ उसमें नहीं बैठा। उन लोगों को डाक बंगले पर इंतजार करने के लिए कहकर, पैदल ही एक ओर निकल पड़ा। रास्ता चलते उसे तकलीफ हो रही थी। मुंह सूखकर पीला हो गया। और अपना कदम रखना उसे ऐसा लगता था, जैसे वह अपनी छाती पर पांवों से चोट मार रहा हो। फिर भी वह चलता ही रहा, रुक न सका। धीरे-धीरे हरिदयाल का घर नजदीक होता आ रहा था। सब ही जैसे, उसका विशेष परिचित रास्ता था। गली के मोड़ पर वह पहचानी हुई दुकान–ठीक उसी तरह थी। दुकान का मालिक उसी तरह मूढे पर बैठकर फुलौड़ी बना रहा था। चंद्रनाथ एक बार खड़ा हो गया। दुकानदार ने सिर उठाकर देखा, परंतु साहबी पोशाक वाले बाबू को, साहस करके फुलौड़ी खरीदने का अनुरोध नहीं कर सका–एक बार देखकर फिर अपने काम में लग गया।

चंद्रनाथ चला गया। इस मोड़ के बाद उसके पैर आगे नहीं बढ़ते थे। काशी की संकरी गलियों में जारा भी हवा नहीं रहती, सांस लेने में भी तकलीफ होती थी। दो-एक कदम चलते ही वह रुक जाता–फिर चलता, फिर रुक जाता। रास्ता जैसे कटता नहीं था। फिर भी वह चाहता था कि रास्ता खत्म न हो! रास्ता खत्म होने पर न मालूम क्या देखने को मिले। इसके बाद वह हरिदयाल के घर के सामने आकर खड़ा रहा। पुकारना चाहा, परंतु गला सूख गया था। रुंधा स्वर और टूटे शब्द रुक जाते। घड़ी खोजकर देखा–नौ बज गए थे। तब साहस करके पुकारा–'ठाकुर, दयाल ठाकुर!' किसी ने उत्तर नहीं दिया। गली में जाते हुए लोगों ने स्वभावतः लौटकर देखा। चंद्रनाथ ने फिर पुकारा–'दयाल ठाकुर!'

अबकी अंदर से औरत की आवाज आई–'ठाकुर घर में नहीं हैं।'

वह दरवाजे पर आकर, चंद्रनाथ की पोशाक देखकर छिप गई। परंतु उसे मातृभाषा में बात करते सुनकर, एकबारगी डरकर भाग नहीं गई। अंदर ही से बोली–'ठाकुर घर पर नहीं हैं।'

'कब आएंगे?'

'दोपहर को।'

चंद्रनाथ अंदर दाखिल हुआ। आनंद, शंका और लज्जा—इन तीनों के मेल के कारण उसकी छाती कांप गई—भीतर सरयू है। परंतु अंदर आकर किसी को नहीं देख पाया। पूछा—'घर में क्या कोई नहीं है?'

'नहीं!'

'वे लोग कहां है?'

'कौन?'

'एक औरत....।'

'बस मुझे छोड़कर तो और यहां कोई नहीं है।'

'एक छोटा बच्चा?'

'नहीं, कोई नहीं!'

चंद्रनाथ वहीं बैठ गया—'ये तब गए कहां?'

दासी घबरा गई। बोली—'नहीं जी, यहां तो कोई नहीं रहता। मैं और ठाकुर महाशय रहते हैं। एक महीने से कोई यजमान भी नहीं आया।'

चंद्रनाथ स्तब्ध होकर, मिट्टी की ओर देखता हुआ बैठा रहा। उसके मन में जो बातें उठ रही थीं, उसे भगवान ही जानें! बड़ी देर बाद फिर पूछा—'तुम यहां कितने दिनों से हो?'

'करीब डेढ़ साल से।'

'फिर भी किसी को नहीं देखा?' एक गोरी-सी औरत, और एक छोटा-सा लड़का या लड़की हो; या केवल एक औरत ही—कोई नहीं; किसी को नहीं देखा?'

'नहीं, मैंने किसी को नहीं देखा!'

'किसी के मुंह से कोई बात नहीं सुनी?'

'नहीं!'

चंद्रनाथ ने और कोई बात नहीं पूछी, वहीं दयाल ठाकुर का इंतजार करते हुए बैठा रहा। उसकी सरयू अब बची नहीं—इसे वह समझता था; फिर भी सुनकर जाना उचित है, इसलिए वह बैठा रहा। एक-एक मिनट एक-एक साल की तरह गुजर रहा था।

दोपहर को हरिदयाल ठाकुर घर आए। पहली नजर से तो वे चौंक गए, परंतु बाद में पहचानकर रूखे स्वर में कहा—'वही तो—चंद्रनाथ बाबू, कब आए?'

चंद्रनाथ ने टूटी आवाज में कहा—'बड़ी देर हुई। ये सब कहां हैं?'

'हां, ये सब....ये सब तो....।'

चंद्रनाथ गिरते-गिरते उठ खड़ा हुआ। जी-जान से कोशिश करके, अपने को संभालकर पूछा—'कब खत्म हुई?'

'क्या खत्म हुआ?'

चंद्रनाथ ने सूखे और टूटे कण्ठ-स्वर से चिल्लाकर कहा—'सरयू कब मर गई, ठाकुर?'

ठाकुर ने अबकी समझकर कहा—'मरेगी क्यों? अच्छी तरह है!'

'कहां है?'

'कैलाश काका के घर।'

'वह कहां है?'

'इस गली के आखिर में, कटहल के नीचे वाले घर में!'

सिर पकड़कर चंद्रनाथ फिर बैठ गया। बड़ी देर चुपचाप बैठा रहा। इसके बाद शांत स्वर में पूछा—'वह यहां क्यों नहीं रही?'

दयाल ठाकुर ने सोचा कि साफ कहना बुरा नहीं है, और बेकार लज्जित होने की कोई वजह भी न देखकर, साहस बटोरकर कहा—'जिसे आप घर में जगह नहीं दे सके, उसे मैं क्यों दूं? मेरा भी तो पांच आदमियों से मिलकर ही काम चलेगा!'

चंद्रनाथ समझ गया कि यह बात बिल्कुल सत्य है। कुछ सोचकर कहा–'कैलाश काका के घर कैसे गई?'

'वे खुद ही ले गए!'

'कौन हैं वे?'

'काशीवासी एक दुखी ब्राह्मण।'

'सरयू क्या उन्हें पहले से जानती थी?'

'हां, खूब जानती थी।'

'उनकी उम्र क्या है?'

बूढ़े हरिदयाल ने मन-ही-मन हंसकर कहा–'उनकी उम्र शायद साठ साल की होगी; सरयू को मां कहकर पुकारते हैं।'

'वहां कौन-कौन हैं?'

'एक नौकरानी, सरयू और विशु।'

'विशु कौन है?'

'सरयू का लड़का।'

चंद्रनाथ ने खड़े होकर कहा–'जाता हूं!'

हरिदयाल ने रोका नहीं। चंद्रनाथ धीरे से बाहर हो गया। गली के अंत में आकर एक आदमी से पूछा–'कैलाश काका का घर कौन-सा है, जानते हो?' उसने उंगली के इशारे से दिखला दिया। चंद्रनाथ एकबारगी अंदर चला गया। सामने किसी को नहीं देखा, केवल एक हृष्ट-पुष्ट बालक, घर के सामने बरामदे में बैठकर, एक थाली में पानी लेकर अंग-प्रत्यंग को धो रहा था–और बीच-बीच में अत्यंत संतुष्टि से देखता था कि शीशे में उसके मुंह की काली छाया किस तरह कांप-कांप कर उसके साथ हास-परिहास कर रही है। चंद्रनाथ ने उसे एकदम छाती से लगाकर कमरे में प्रवेश किया। बालक न आश्चर्यचकित हुआ और न डरा ही। देखने से लगता था–कि अपरिचित लोगों की गोद में जाना उसके

लिए नई बात नहीं है। उसने चंद्रनाथ की नाक पर कांच-सा हाथ रखकर, और उसकी ओर देखकर कहा—'कौन हो तुम?'

चंद्रनाथ ने अत्यंत स्नेह से उसका मुंह चूमकर कहा—'मैं बाबा!'

'बाबा?'

'हां, बाबा! और तुम कौन हो?'

'मैं विशु हूं।'

चंद्रनाथ ने पाकेट से चेनवाली घड़ी निकालकर उसके गले में पहना दी। पॉकेट से छुरी, पेंसिल और मनीबेग जो कुछ भी पाया, उसे पुत्र के हाथ में गोज दिया। खोजने पर भी हाथ में वह कुछ नहीं आया—जिसे पुत्र के हाथ में दिया जाता।

विशु ने बहुत-सा धन हाथ में पाकर, पुलकित होकर कहा—'बाबा!'

इसी बीच लखिया की मां ने बहुत गोलमाल कर दिया। उसने हठात् जंगले के भीतर से देखा कि एक साहब घर में घुसकर, विशु को गोद में लिए घूम रहा है। वह सांस रोके—एकदम रसोईघर में दौड़ पड़ी। घर में कैलाशचंद्र नहीं थे। बहुत दिनों बाद वे विश्वेश्वर की पूजा करने गए थे। सरयू भी कुछ देर पहले मंदिर से लौटकर रसोई करने बैठी थी। लखिया की मां ने हांफते-हांफते कहा—'माई जी!'

'क्या है रे?'

'घर में एक साहब घुसकर, विशु को गोद में लिए घूम रहा है।'

वह आश्चर्यचकित होकर बोली—'कौन है रे?' कहकर दरवाजे की ओट से देखने लगी, परंतु देख न सकी।

लखिया की मां ने उसकी साड़ी खींचकर कहा—'मत जाओ बाबाजी को आने दो!'

सरयू ने नहीं सुना, उसे विश्वास नहीं हुआ। आगे बढ़कर जो कुछ देखा—उससे लगा कि दासी ने झूठ नहीं कहा, कि एक साहब घूम रहा

है और धीरे-धीरे विश्वेश्वर से बातें कर रहा है। हिम्मत करके वह जंगले के पास गई। जिसकी छाया देखते ही वह पहचान जाती थी, उसे पलक झपकते ही पहचान गई—यह उसका पति चंद्रनाथ है!

अंदर जाकर, गले में आंचल डालकर, पांव पर सिर रखकर प्रणाम करके, सरयू मुंह उठाकर खड़ी हो गई!

चंद्रनाथ ने कहा—'सरयू!'

सत्रह

अब पति-पत्नी में इस तरह बातचीत हुई।

चंद्रनाथ ने कहा—'बहुत अस्वस्थ हो गई हो!'

सरयू उसके मुंह की ओर देखकर कुछ हंसी—जैसे कहना चाहती हो कि इसमें आश्चर्य ही क्या है! चंद्रनाथ इसके बाद विशु को लेकर और अधिक व्यस्त हो गया। सरयू ने उसके जूते का फीता खोल दिया, शरीर से कोट-कमीज एक-एक करके निकाल दिया, पंखा लेकर झलने लगी, और गमछा भिगोकर पांव पोंछ दिए! यह सब काम उसने इस नियमित ढंग से किया, जैसे यह उसका रोज का काम हो। जिसे इस जीवन में फिर देख पाने की आशा भी नहीं थी, उसका आज अकस्मात् इतने दिनों बाद, इस तरह आ जाना—कितने आंसू और दीर्घ निःश्वास छोड़ने की बात थी, परंतु यह कुछ भी नहीं हुआ। सरयू ने ऐसा भाव दिखलाया, जैसे उसके पति रोज ही आते हों—आज भी आए थे, बस कुछ देर हो गई थी—कुछ समय निकल गया था।

परंतु चंद्रनाथ का व्यवहार दूसरी तरह का था। विशु के साथ इस तरह घुल-मिलकर बातचीत हो रही थी—जैसे घर में और कोई हो ही नहीं। घर में विश्वेश्वर के अलावा मंद बुद्धिवाला और कोई नहीं था, वरना वह

समझ जाता कि चंद्रनाथ खुद ही दब गया—और उसी को छिपाने के लिए, जान-बूझकर मुंह फेरकर, पुत्र को लेकर व्यस्त हो गया था।

सरयू ने कहा—'बेटा, खेलते क्यों नहीं?'

विशु चारपाई से उतरने लगा; चंद्रनाथ ने उसे ठीक तरह से उतार दिया। इसके पहले उसने माता को प्रणाम करते देखा था इसलिए उतरते ही, पिता के चरणों में चट् से प्रणाम करके वह भाग गया। चंद्रनाथ ने हाथ बढ़ाकर पकड़ना चाहा। परंतु तब तक वह पहुंच से बाहर निकल गया था।

सरयू ने उसकी छाती पर हाथ रखकर कहा—'तुम्हारे शरीर में तो अब कुछ नहीं है। अस्वस्थ थे क्या?'

'नहीं, अस्वस्थ तो नहीं था!'

'तो शायद, बहुत चिंता करते थे?'

चंद्रनाथ ने उसके मुंह की ओर देखते हुए कहा—'तुम क्या सोचती हो?'

सरयू ने उस बात का जवाब नहीं दिया, दूसरी बात छेड़ दी—'देर हो रही है, नहा लो!'

चंद्रनाथ ने पूछा—'मकान-मालिक कहां हैं?'

'वे विश्वेश्वर नाथ के पूजा-दर्शन को गए हुए हैं। शायद शाम तक लौटेंगे।

'तुम उन्हें क्या कहकर पुकारती हो?'

'बराबर काका कहकर पुकारा, अब भी वही कहती हूं।'

चंद्रनाथ ने और कुछ नहीं पूछा।

सरयू ने पूछा—'साथ और कौन आया है?'

'हरी और मधु आए हैं। वे डाक बंगले में हैं।'

'यहां लाने का शायद साहस नहीं हुआ।'

× × ×

चंद्रनाथ खाने बैठा, तो सामने पूड़ी की थाली देखकर कुछ विस्मित हुआ। नाखुश होकर थाली ठेलकर कहा—'यह क्यों? रिश्तेदार हूं मैं, या मजाक करती हो?'

सरयू अप्रतिभ हो गई। उदास होकर बोली—'खाओगे नहीं?'

चंद्रनाथ ने कुछ देर तक सरयू के मुंह की ओर देखकर कहा—'दोपहर को क्या मैं पूड़ी खाता हूं?'

सरयू मन-ही-मन दुखित होकर चुप रही।

चंद्रनाथ ने कहा—'आज तुम मुझे पहले-पहल खिलाने बैठी हो, या मैं क्या खाता हूं, यह भी भूल गईं?'

सरयू की आंखों में आंसू आ गए। सोच रही थीं—वह दिन गए! बोली—'भात खाओगे? किंतु....।'

'किंतु क्या, खत्म हो गया?'

'नहीं, सो नहीं—मैं अभी बनाए देती हूं। घर पर भी तो बनाती थी!'

सरयू ने कुछ रुककर कहा—'मेरे हाथ का खाओगे?'

अबकी चंद्रनाथ ने सिर नीचा कर लिया। इतनी देर तक उसके मन में यह नहीं आया कि वह पराई थी, और उसका छुआ हुआ भोजन नहीं किया जा सकता। किंतु सरयू की बात में बड़ी वेदना थी। वह देर तक चुपचाप बैठा रहा, फिर धीरे-धीरे कहा—'सरयू, दोपहर को मेरी आंखों में आंसू देखे बिना क्या तुम्हें संतोष नहीं होगा?' सरयू तुरंत उठ खड़ी हुई—'जाऊं, लेती आऊं!' रसोईघर में जाकर वह बहुत रोई। इसके बाद आंखें पोंछकर, उसने मुंह पानी से धो दिया। परंतु फिर भी आंसू आ गए। उसने फिर पोंछ दिया। परंतु सरयू अपने आपको किसी तरह संभाल नहीं

सकी। पति भूखे थे, इसलिए भोजन की थाली लेकर सामने आई। पास बैठकर, बहुत दिनों पहले की तरह यत्न से उन्हें भोजन कराया और जूठी थाली लेकर एक बार फिर अच्छी तरह रोने के लिए रसोईघर में चली गई।

दो बज गए। चंद्रनाथ की गोद में विश्वेश्वर बड़े आनंद से सो रहा था। सरयू अंदर आई।

चंद्रनाथ ने पूछा–'सब काम खत्म हो गया?'

'काम तो कुछ नहीं था। काका अभी तक नहीं आए।' इसके बाद सरयू घर की बातचीत में आ पड़ी। घर के सभी कमरों, सभी चीजों, मामा, मामी, नौकर-चाकर, महाशय, हरिबाला सखी और मौहल्ले के पड़ौसियों को एक-एक करके पूछ गई। इतनी देर तक दोनों में से किसी को याद नहीं आया, कि सरयू को यह सब जानने से कोई फायदा नहीं और बातें बतलाते समय चंद्रनाथ को भी दुखित होना चाहिए था। कुछ लज्जा, कुछ घबराहट और कुछ संकोच आवश्यक था! एक बड़ी खुशी से पूछता, और बड़े उत्साह से जवाब देता था! बिल्कुल ऐसे, जैसे दोनों अलग हो गए थे, और फिर मिल गए थे।

सहसा सरयू ने पूछ–'शादी कहां की?'

यह जैसे बिल्कुल मजाक की बात हो।

चंद्रनाथ ने कहा–'पश्चिम में!'

'कैसी बहू है?'

'तुम्हारी तरह!'

इसी क्षण सरयू ने अपने हृदय में वेदना महसूस की, तो संभल न सकीं बैठी थी, लेट गई। मुंह एकबारगी लाल हो गया।

घबराकर चंद्रनाथ नीचे उतर पड़ा और पास आकर हाथ पकड़कर उठाने की कोशिश की; परंतु सरयू एकबारगी लोट गई थी। तब सिरहाने बैठकर, गोद में उसका सिर लेकर उसने रोते-रोते पुकारा–'सरयू!'

सरयू ने आंखें बंद कर लीं। उसके दोनों होंठ हिले, और स्फुट स्वर में वह क्या बोली, समझा नहीं जा सका।

चंद्रनाथ बिल्कुल डरकर, पानी के लिए आवाज लगाने लगा। लखिया की मां पास ही थी, पानी लेकर अंदर चली आई; परंतु किसी तरह घबराहट जाहिर नहीं होने दी। बोली–'बाबू, यह अभी दूर हो जाएगा–ऐसा बीच-बीच में हो जाता है।'

इसके बाद आंखों पर पानी डाला गया, हवा की गई और विशु ने आकर दो एक बार बाल खींचकर पुकारा–'मां!'

सरयू को कुछ होश हुआ, और वह लज्जित होकर, माथे पर आंचल खींचकर उठ बैठी। लखिया की मां अपने काम से चली गई।

सरयू हंस पड़ी। बड़ी क्षीण और मधुर हंसी हंसकर बोली–'डर गए थे?'

चंद्रनाथ की दोनों आंखें डबडबा गई थीं, अबकी आंसू ढलक पड़े तो हाथ से पोंछ दिया। कहा–'सोचता था कि शायद सब खत्म हो गया!'

सरयू ने मन-ही-मन सोचा–तुम्हारी गोद में सिर था–ऐसा सौभाग्य क्या इस अभागिन का है? फिर प्रकट में बोली–'ऐसा दौरा बीच-बीच में आ जाता है।'

'सो तो देखता हूं!'–कहकर चंद्रनाथ बड़ी देर तक चुपचाप बैठा रहा। इसके बाद पाकेट से चाबियों पर एक जंग लगा हुआ गुच्छा निकालकर, सरयू के आंचल में बांधकर बोला–'यह रहा तुम्हारा चाबियों का गुच्छा–मेरे पास रखकर चली आई थीं न, आज फिर लौटा दिया! देखो तो, इसका कैसा उपयोग किया गया?'

सरयू ने देखा कि उसकी प्यारी चाबी में जंग लग गया है। हाथ में लेकर बोली–'उसे क्यों नहीं दिया?'

चंद्रनाथ का सूखा हुआ उदास चेहरा अकस्मात् खिल गया और

दोनों आंखें असीम स्नेह से चंचल हो उठीं। फिर भी अपने को संभालकर कहा—'उसे ही तो दिया सरयू?'

सरयू ठीक न समझ सकी। क्षणभर पति को संदेहात्मक दृष्टि से देखकर, मधुर स्वर से बोली—'मैं नई बहू की बात कर रही हूं। तुम्हारी दूसरी स्त्री, उसे क्यों नहीं दिया?'

चंद्रनाथ अब अपने को संभाल नहीं सका; सहसा दोनों हाथ बढ़ाकर, सरयू का मुंह अपनी छाती पर खींचकर कह उठा—'उसे ही दिया है सरयू, उसे ही दिया है! मेरी दो स्त्रियां नहीं हैं, एक हैं! और वह पुरानी नहीं होती, वह हमेशा ही नई रहती है। पहले उसे जब इस काशी से, विश्वेश्वर को चढ़ाए गए प्रसाद की तरह छाती से लगाकर ले गया—उस दिन जैसी नई थी; आज भी उसे जैसे विश्वेश्वर के पांवों से उठाकर ले जाने के लिए आया हूं—तो भी उतनी ही नई है!'

× × ×

सांध्यदीप जलाकर, बेटे को गोद में लेकर, सिर पति के पांवों के पास रखे बैठकर सरयू बोली—'काका से भेंट किए बिना तुम्हारा जाना नहीं होगा—आज रात को तुम्हें रुकना होगा!'

चंद्रनाथ ने कहा—'वही सोच रहा हूं। आज शायद मेरा जाना नहीं होगा!'

सरयू बड़ी देर से कुछ कहना चाहती थी, किंतु लजा रही थी और समय भी नहीं मिला। अब उसने कहा—'तुमसे अब लाज कैसी!'

चंद्रनाथ सरयू के मुंह की ओर देखकर चुप रहा। सरयू ने कहा—'सोचती थी, तुमको एक पत्र लिखूं।'

'लिखा क्यों नहीं? मैंने मना तो नहीं किया था!'

सरयू ने कुछ सोचकर कहा—'डरती थी कि तुम नाराज होओगे..

.. फिर कब आओगे

'जब कहोगी तब आऊंगा!'

सरयू के मन में एक बार फिर हुआ—कि वह बात तभी कहेगी; परंतु दूसरे ही क्षण उसने सोचा कि आदमी के शरीर का क्या भरोसा? अभी न कहने पर, शायद फिर न कह पाऊं! हो सकता है कि चंद्रनाथ आएं, परंतु कौन जाने कि तब तक कहीं राख बनकर उड़ जाए। इसी से सोच-विचार कर कहा—'तुमसे मुझे अब कोई लाज नहीं।'

'यह बात तो हो गई—और कुछ कहोगी?'

सरयू ने कुछ रुककर कहा—'मेरी जीने की इच्छा नहीं होती—इस तरह जीना अब अच्छा नहीं लगता!'

चंद्रनाथ ने यह सोच कि यह परिहास-सा नहीं लगता। अच्छी तरह से उसने देखा—सरयू का चेहरा जर्द हो गया था। डरते-डरते कहा—'सरयू, कोई भयानक रोग तो नहीं हो गया है?'

सरयू ने उदासी से हंसकर कहा—'सो तो कह नहीं सकती। बीच-बीच में छाती में एक दर्द महसूस कहती हूं!'

चंद्रनाथ ने कहा—'और यह मूर्छा?'

सरयू हंस पड़ी—'यह कुछ भी नहीं है!'

चंद्रनाथ ने मन-ही-मन कहा—'जो होना था, हो गया' अब सब कुछ लगाकर भी तुम्हें निरोग करूंगा!

सरयू ने कहा—'तुमसे एक भिक्षा चाहती हूं—दोगे?'

'क्या?'

'अपने लिए कुछ भी नहीं चाहती! तब, जब मेरी मौत का समाचार सुनो....' उसी समय उसने लड़के को चंद्रनाथ के पांवों के पास बैठाकर फिर कहा—'तो एक बार यहां आकर बच्चे को ले जाना?'

चंद्रनाथ ने बड़े आवेग से विशु को छाती से लगाकर, उसका मुंह

चूम लिया।

इसी समय बाहर से कैलाशचंद्र ने पुकारा–'दादा, विशु!'

विश्वेश्वर पिता की गोद से झटपट उतर पड़ा–'दादा!'

सरयू उठ खड़ी हुई–'वे आ गए।'

कुछ देर बाद कैलाशचंद्र–विश्वेश्वर को गोद में लेकर आंगन में आए। चंद्रनाथ भी बाहर आया। कैलाशचंद्र ने इससे पहले चंद्रनाथ को कभी नहीं देखा था–देखकर पहचाना नहीं; देखते रहे। लड़के ने परिचय करा दिया। हाथ बढ़ाकर कहा–'वो बाबा आए।'

चंद्रनाथ प्रणाम करके खड़ा रहा। कैलाशचंद्र ने आशीर्वाद देकर कहा–'आओ बाबा, आओ!'

अठारह

किंतु चंद्रनाथ ने जब वृद्ध से कहा कि कल इन्हें ले जाऊंगा, तो उसके कलेजे में जैसे एक साथ ही सैकड़ों तीर चुभ गए। खुद ही क्या कह गए–खुद ही नहीं सुन सके। किंतु चंद्रनाथ से सुना–जैसे धीमी आवाज में बहुत दूर से किसी ने कहा–'इससे बढ़कर खुशी की बात और क्या है?'

सरयू यह सुनकर खुश नजर नहीं आई–उसकी दोनों आंखों से आंसू बह चले। पति के दोनों पांवों को माथे से स्पर्श करके उसने कहा–'पांवों की धूलि देकर, इस अभागिन को यहीं छोड़ जाओ; मुझे मत ले जाओ!'

चंद्रनाथ ने कहा–'क्यों!'

सरयू जवाब नहीं दे सकी–रोने लगी। उसकी आंखों के सामने वृद्ध कैलाशचंद्र का दयनीय चेहरा नाच उठा।

चंद्रनाथ ने कुछ देर चुप रहकर कहा–'मैं तुम्हारा पति हूं। मैं अगर

तुम्हें ले जाना चाहूं, तो तुम्हारी अनिच्छा से कुछ नहीं होने का। मैं विशु को नहीं छोड़ सकता!'

सरयू ने देखा, उसे कुछ नहीं कहना है।

दूसरे दिन प्रातःकाल, कैलाशचंद्र ने विश्वेश्वर को और दिनों की तरह गोद में उठा लिया। शतरंज की पोटली लेकर शम्भू मिश्र के घर आए। उन्हें पुकारकर कहा–'मिश्राजी, आज मेरे आनंद का दिन है–विशु दा, आज अपने घर जाएंगे। बड़ा हो गया है भाई, अब इसे मामूली घर में बांधकर नहीं रखा जा सकता।'

मिश्रजी आनन्दित नजर आए।

कैलाशचंद्र ने शतरंज बिछाने को कहा–'आज हम लोगों का दिन है, तुम्हें दो बाजी मात करके जाऊंगा!'

किंतु खेल के शुरू में ही कैलाशचंद्र एक-एक करके हारने लगे। हाथी की जगह किश्त और किश्त की जगह घोड़ा–इसी तरह बहुत गड़बड़ हो गया। मिश्रजी ने कहा–'बाबूजी, आज तुम्हारे मिजाज चैन में नहीं हैं, इसी से गलती कर रहे हो।' धीरे-धीरे एक के बाद दूसरी बाजी हार कर, कैलाशचंद्र खेल उठाकर पोटली बांधने बैठे, किंतु वजीर नहीं बांधा। विशु के हाथ में देकर कहा–'दादा, वजीर तुम्हें दे दिया, अब कभी नहीं लूंगा!' और फिर रास्ते में जिससे भेंट हुई, उसे ही यह खबर सुना दी।

आज वह वृद्ध सभी कामों में उत्साहित था। किंतु काम करते हुए काम पीछे ही रह जाता। बाजी खेलने की तरह बहुत गलती हो जाती थी। सरयू ने यह देखकर, छिपकर सैकड़ों बार आंखें पोंछीं। परंतु उस वृद्ध के चेहरे का उत्साह कम नहीं होता, यहां तक कि जब सरयू उन्हें अकेले बुलाकर–पदधूलि लेकर माथे से लगाकर रोने लगी, तब भी उसने अश्रु-संवरण करके, हंसकर आशीर्वाद देते हुए कहा–'मेरी मां, रोओ मत!

अपने बुडढे काका के आशीर्वाद से तुम राजरानी बनोगी!! अगर फिर कभी आना, तो भूलकर भी इधर-उधर कहीं मत जाना!!'

सरयू और रोने लगी, छाती में केवल उस दिन की बात घुमड़-घुमड़कर उठने लगी—जिस दिन वह रास्ते की निराश्रिता भिखारिन बनकर काशी आई थी, और आज....'

सरयू ने कहा—'काका मुझे छोड़कर रह न सकोगे!'

कैलाशचंद्र ने कहा—'अब कितने दिन मां?' किंतु मन-ही-मन कहा—'अबकी पुकार हुई है, इतने दिनों तक चलते हुए प्राण के उड़ जाने का उपाय हो गया है!'

सरयू ने आंख पोंछते-पोंछते व्याकुल होकर कहा—'मुझमें दया-माया नहीं है।'

बुड्ढे ने रोकर कहा—'छिः मां, ऐसी बात मत कहो! मैं तुम्हें पहचानता हूं!'

रात को दस बजे सभी स्टेशन आ पहुंचे। धीरे-धीरे गाड़ी का समय नजदीक आने लगा।

विश्वेश्वर को नींद आ रही थी, परंतु वह लाल वजीर को तब भी छाती से लगाए था। वृद्ध ने हिला-डुलाकर जगा दिया। तुरंत ही जागकर पहले तो उसने रोने की तैयारी की, परंतु जब मुंह के पास मुंह ले जाकर काका ने पुकारा—'विशु दादा!' तब वह हंस पड़ा।—'दादा!'

'मेरे दादा भाई, कहां जा रहे हो?'

विशु ने कहा—'जाता हूं!' इसके बाद वजीर को दिखलाकर कहा—मनती।'

कैलाशचंद्र ने कहा—'हां दादू, मनती मत हारना!'

हाथी-दांत से निर्मित इस लाल चीज के प्रति, कैलाशचंद्र ने इसके पहले भी कई बार उसे सावधान कर दिया था। उसने भी सिर हिलाकर

कहा—'नहीं हारूंगा—मनती!'

गाड़ी आने पर सरयू फिर उनकी पद-धूलि लेकर गाड़ी पर आ बैठी। वृद्ध के आखिरी आशीर्वाद, होंठों पर कांप-कांपकर अंदर ही रह गए।

ट्रेन छूटने में देर न देखकर, कैलाशचंद्र ने विश्वेश्वर को चंद्रनाथ की गोद में देकर कहा—'दादू!'

'दादू!'

'मंत्री?'

उसने मंत्री को देखकर कहा—'दादू, मनती!'

'हारना नहीं!'

'नहीं!'

अबकी बुड्ढे की आंखों में आंसू आ गए। गाड़ी छूट जाने पर उसने सरयू की खिड़की के पास मुंह ले जाकर कहा—'मां जाता हूं—और एक बार जोर से पुकारा—'ओ दादू!'

गाड़ी की आवाज और लोगों के शोरगुल में, विश्वेश्वर वह पुकार नहीं सुन पाया। जब तक गाड़ी की अंतिम आवाज भी सुनाई देती रही, तब तक कैलाशचंद्र एक कदम भी नहीं हटे। इसके बाद धीरे-धीरे लौट गए।

उन्नीस

घर पहुंचकर चंद्रनाथ को जिस बात कर डर था, उसे मणिशंकर काका ने खत्म कर दिया। उन्होंने कहा—'चंद्रनाथ पाप के लिए प्रायश्चित करना पड़ता है। जो पाप नहीं करता हैं, उसे प्रायश्चित की क्या जरूरत है? बहू ने कोई पाप नहीं किया, बेकार ही प्रायश्चित की बात कहकर उसकी बेइज्जती मत करो!' मणिशंकर के मुंह से ऐसी बात बिल्कुल नई थी। चंद्रनाथ विस्मित होकर देखता रहा गया। उन्होंने फिर कहा—'बूढ़ा होकर

बहुत देखा है, कि दोष और लज्जा सब लोगों में होती है। मनुष्य को दीर्घ-जीवन में अनेक कदम चलना पड़ता है। दीर्घ-पल में कहीं कीचड़ रहता है और कहीं सूखा, और कहीं वह नीचा रहता है—इसी से बाबा, आदमी का पांव फिसल जाता है। किंतु वे अपनी बात नहीं कहते, केवल दूसरे की बात कहते हैं। दूसरों की लाज की बात वे चिल्लाकर कहते हैं—और यह सब अपना दोष छिपाने के लिए। वे उम्मीद करते हैं—कि दूसरों के गोलमाल से अपनी लाज दब जाती है!' चंद्रनाथ चुप रहा। मणिशंकर ने कुछ रुककर फिर कहा—'और एक नई बात सीखा है—सीखा है कि दूसरों को अपना बनाया जाता है; किंतु जो अपना है, उसे गैर कैसे किया जा सकता है! इतने दिनों तक मैं अंधा था—किंतु विशु ने मेरी आंखें खोल दी हैं। उसके पुण्य से सब-कुछ पवित्र हो गया। आज द्वादशी है, पूर्णिमा के दिन तुम्हारे गांव के सब लोगों को निमंत्रण दे रहा हूं! जब दादा थे, काज-कर्म सब वही करते थे। मैं कभी कुछ नहीं कर पाता था—इसी से सोचा है कि फिर से विशु का अन्नप्राशन करूंगा!'

चंद्रनाथ को कुछ चिंता हुई, बोला—'किंतु समाज?'

मणिशंकर हंस पड़े। बोले—'समाज मैं हूं, समाज तुम हो! इस गांव में और कोई नहीं है। जिसके पास रुपया है—वही समाज का मालिक है। मैं चाहने पर तुम्हारी जाति मार सकता हूं—और तुम चाहने पर मेरी जाति मार सकते हो। समाज की चिंता मत करो! एक बात और कहता हूं—इतने दिनों तक नहीं कहा, शायद कभी नहीं कहता; किंतु सोचता हूं कि तुमसे यह बात कहने पर कोई नुकसान नहीं होगा। तुमको राखाल भट्टाचार्य की दो वर्ष पुरानी बात याद है?'

'है! हरिदयाल ठाकुर का पत्र पढ़ा था।'

'मेरे परिवार में यदि कोई लाज की बात थी, तो केवल वही प्रमाणित कर सकता था—क्रिंतु अब कोई बात नहीं खोलेगा; मैंने उसे जेल भिजवा

दिया था। कुछ दिन हुए, वह छूटकर कहीं चला गया और फिर कभी उस गांव में पैर नहीं रखेगा!'

मणिशंकर ने तब आद्योपांत सारी बात कह डाली। सारी कहानी सुनकर चंद्रनाथ की आंखें आंसुओं में डूब गईं।

इसके बाद पूर्णिमा के दिन खाना-दान खत्म हुआ। गांव में किसी ने कोई बात नहीं कही। उन्हें मणिशंकर का व्यवहार देखकर विश्वास हो गया कि झूठमूठ ही किसी ने यह बात फैला दी थी—या यह केवल एक जमींदारी चाल थी।

केवल हरकाली अलग बनाए-खाएगी। वे अब इस गांव में भी नहीं रहेंगे—घर चले जाएंगे। हरकाली ने कहा—प्राण जाएं तो जांए, यह स्वीकार है—परंतु धर्म वह कभी नहीं छोड़ सकेगी। यह खुशी की बात हो या दुख की, परंतु चंद्रनाथ अब उसकी ही इच्छानुसार उन्हें पचास रुपए माहवार देता रहेगा।

× × ×

उत्सव खत्म होने पर बड़ी रात तक नाच-गान का कार्यक्रम चलता रहा। चंद्रनाथ ने घर आकर देखा—सर्व अलंकार-विभूषिता राज-राजेश्वरी की तरह, निद्रित पुत्र को गोद में लेकर, सरयू रात को पति का इंतजार करते हुए बैठी है।

आज पूर्णिमा है।

चंद्रनाथ ने कहा—'आज ये क्या ठाठ हैं?'

सरयू ने मधुरता से हंसकर कहा—'सखी ने आज अपनी मनचाही करने में कोई कसर नहीं छोड़ी!'

बीस

उसी रात को, एक-एक कदम करके—वृद्ध कैलाशचंद्र घर लौट आए। बंधी हुई तुलसी-वेदी तक तब भी दीप जल रहा था। फिर भी वह कैसा भीषण अंधकार! यहां कुछ समय पूर्व सब-कुछ था, और अब कुछ नहीं। केवल मिट्टी का दीप अब तक जलता आ रहा था। नाशवान संसार की भांति उसकी उम्र भी अब खत्म हो चली थी, अब बुझ ही जाएगा। सरयू इसे अपने हाथ से जला गई थी।

चारपाई पर आकर वे लेट गए। थकी आंखों पर तंद्रा घिर आई। किंतु कान के पास, उसी वक्त जैसे बीच-बीच में पुकार जाता—'दादू!' सपना देखा कि राजा भरत, उनकी छाती पर मृत्यु शैय्या पर पड़े—क्षीण होंठ कंपाकर बोल रहे थे—'लौट जाओ! लौट जाओ!!'

सवेरे वे चारपाई पर उठ बैठे; बाहर आकर अभ्यस्त की तरह पुकारा—'विशु!' इसके बाद याद आया कि विशु नहीं है। वे लोग चले गए हैं।

शतरंज की पोटली हाथ में लेकर शम्भू मिश्र के घर पहुंचे। पुकारकर कहा—'मिश्रजी, मेरा दादा भाई चला गया!'

दादाभाई को सभी प्यार करते थे। मिश्रजी को दुख हुआ। शतरंज बिछ जाने पर मिश्रजी ने कहा—'बाबूजी, तुम्हारे वजीर का क्या हुआ?'

कैलाशचंद्र ने दीर्घ निःश्वास छोड़कर कहा—'वही तो, मिश्रजी उसे तो विशु ले गया। लाल वजीर को वह बहुत चाहता था। बच्चे ने किस तरह भी नहीं छोड़ा!'

उन्होंने स्वेच्छा से अपने प्राणों से अधिक प्रिय शतरंज के जोड़े को खराब कर दिया—यह कहते हुए उन्हें लाज मालूम हुई थी।

मिश्रजी ने कहा—'तब दूसरा जोड़ा बिछाऊं?'

'बिछाओ!'

खेल में कैलाशचंद्र की हार हुई। शम्भू मिश्र उसके साथ बहुत दिनों से खेलते थे–परंतु कभी नहीं हरा सके। आज हारने का कारण वे सहज ही समझ गए। बोले–'बाबूजी, अब तुम्हारा सारा इल्म भी विशु अपने साथ ही लेता गया!'

बाबूजी के चेहरे पर सूखी हंसी की रेखा दिखलाई दी। बोले–'आओ, एक बाजी और देखी जाए!'

'बहुत अच्छा!'

खेल के बीच में कैलाशचंद्र ने एक किश्त देते हुए कहा–'विशु!'

शम्भू मिश्र हंस पड़े। किश्त देते हुए वह बोले–'बाबूजी, यह तो किश्त है विशु नहीं!' दोनों ही हंस पड़े।

फिर शम्भू मिश्र ने किश्त देकर कहा–'तुम्हारे दो सिपाही गए।'

कैलाशचंद्र घबराकर बोले–'दादा, आओ-आओ, जल्दी आओ!' फिर कुछ देर उसका इंतजार करते हुए बैठे रहे। मन में हो रहा था–जैसे अभी एक छोटी कोमल देह उनकी पीठ के ऊपर उछल पड़ेगी। शम्भू मिश्र ने विलम्ब देखकर कहा–'बाबूजी, सिपाही नहीं बचा सकोगे?' वृद्ध चौंक उठा–'वही तो, दो मारे गए!'

इसके बाद खेल खत्म हुआ। मिश्रजी जीत गए, किंतु खुश नहीं हुए। गोटियां हटाकर बोले–'बाबूजी, दूसरे दिन खेल होगा। आज आपकी तबीयत ठीक नहीं है–मिजाज एकदम परेशान है।'

घर लौटते समय दोपहर हो गया। मन में हो रहा था कि विशु तो है नहीं, फिर इतनी जल्दी क्यों?

घर पहुंचकर देखा कि लखिया की मां–अकेली रसोईघर में बैठी हुई, खाने का इंतजार कर रही थी। आज उन्हें खुद ही रसोई बनाना होगा, खुद ही लेकर खाना होगा–अकेले खाना होगा! इच्छानुसार भोजन करेंगे–कोई

जल्दी नहीं, कोई घबराहट नहीं है—विश्वेश्वर का डर नहीं है। बिल्कुल स्वाधीन! परंतु वह अच्छा जो नहीं लगता। रसोईघर में जाकर देखा—एक मुट्ठी चावल, दो आलू, थोड़ी-सी दाल और कुछ लकड़ियां। आंखों से आंसू फूट निकले--दो साल पहले की बात याद आ गई! तब भी यों ही बनाना पड़ता था—यही लखिया की मां सभी चीजें तैयार कर देती थी। किंतु तब विशु आता भी नहीं था, और चला भी नहीं जाता था।

कटहल के नीचे उसका बनाया हुआ, छोटा-सा खेल का घर अब भी मौजूद था। दो टूटे हुए घड़े, एक हाथ-पांव टूटा हुआ मिट्टी का छोटा-सा पुतला, और दो पैसे की टूटी बांसुरी वहां पड़ी थी। बच्चों की तरह वृद्ध ने उन्हें बटोर लाकर, अपने सोने के कमरे में रख दिया।

दोपहर को फिर गंगा पांड़े के घर शतरंज बिछाकर बैठने लगे। शाम को मुकंद घोष के बैठकखाने में जमने लगे। किंतु प्रसिद्ध खिलाड़ी कहकर कैलाशचंद्र का अब उतना सम्मान नहीं होता। क्योंकि वे तब दिग्विजयी थे, और अब एकमात्र खिलाड़ी हैं। उन दिनों जिसे हाथ पकड़कर खेल सिखलाते थे, वही आज चाल बोल देता है। जिसके साथ वे बाजी रखकर भी खेल नहीं पाते थे, वही आज स्वेच्छा से एक किश्त मारकर ही खेल आरम्भ करता है।

खेलने का शौक अब भी पहले की तरह है, परंतु अब वह सामर्थ्य नहीं है। दो-एक कठिन चाल पर भी याद पड़ती हैं—किंतु सरल खेल में भी बड़ी गलती हो जाती है। पहले शतरंज खेलने का गर्व था—और आज वह केवल लज्जा में बदल गया है। शम्भू मिश्र आज भी सम्मान करते हैं; वे प्रतिद्वंद्वी होकर नहीं खेलते— आवश्यकता पड़ने पर दो-एक कठिन समस्या पूर्ण कर देते हैं।

घर पर भी आजकल बड़ी गड़बड़ी मच जाती है। लखिया की मां रोज ही गुस्सा हो जाती है। दो-एक उसे आंसू पोंछते हुए भी देखा गया।

वह कहती—'बाबू, खाना-दाना क्या एकबारगी छोड़ दिया? जरा आईने में अपनी सूरत तो देखो!'

कैलाशचंद्र हंसकर कहते—'बेटी, रसोई बनाना बिल्कुल भूल गया हूं—अब बर्दाश्त नहीं होता!'

बहुत दिनों की पुरानी वह दासी छोड़ती नहीं, बक-झक करके एकाध मुट्ठी चावल बनवा ही देती है।

इस तरह एक महीना कट गया।

इसके बाद तीन-चार दिनों तक कैलाश काका को कोई नहीं देख पाया। शम्भू मिश्र को यह बात पहले याद आई। वे देखने आए। पुकारा—'बाबाजी!'

लखिया की मां ने जवाब दिया। कहा—'बाबू को बुखार हो आया है।'

मिश्रजी ने अंदर आकर, बिछौने के पास पहुंचकर कहा—'बाबूजी, बुखार हो आया क्या?'

कैलाशचंद्र ने हंसकर कहा—'हां मिश्र जी, पुकार हुई है—इसी से धीरे-धीरे जा रहा हूं!'

मिश्र जी ने कहा—'छिः राम-राम! आराम हो जाएगा।'

'अब आराम होने की उम्र नहीं है ठाकुर! अबकी चलना होगा!!'

'कविराज को बुलाया था?'

कैलाश फिर हंसे—'अड़सठ साल की उम्र में, कविराज आकर क्या करेगा मिश्र जी?'

'अड़सठ साल?—बाबूजी! अड़सठ साल का आदमी भी जी सकता है।'

कैलाशचंद्र ने उस बात का जवाब न देकर सहसा उत्तर दिया—'अच्छी बात है मिश्रजी! मेरे दादा भाई ने चिट्ठी लिखी है—अरी लखिया की मां,

वह जंगला खोल देती! मिश्रजी को चिट्ठी पढ़ सुनाऊं। तकिए के नीचे से एक चिट्ठी निकालकर, बड़ी तकलीफ से—शूरू से आखिर तक पढ़ सुनाई! पत्र बंगला में होने के कारण हिंदी-भाषी शम्भू मिश्र ने बहुत-कुछ समझा, बहुत-कुछ नहीं समझा।

रात को शम्भू मिश्र कविराज को बुला लाए। कविराज बंगाली थे—कैलाशचंद्र से परिचय था। उनके सवालों का दो-एक जवाब देकर कहा—'कविराज महाशय, दादा भाई ने चिट्ठी लिखी है, सुनो—पढ़ता हूं।'

दादा भाई से कविराज महाशय का परिचय नहीं था। बोले—'किसकी चिट्ठी?'

'दादू—विशु की! लखिया की मां, चिराग जरा यहां रक्खो तो बिटिया....।'

चिराग के सहारे उन्होंने सब कुछ पढ़ सुनाया। कविराज ने सुना या नहीं—कैलाशचंद्र ने यह जानना भी नहीं चाहा। सरयू के हाथ की लिखी हुई—विशु की चिट्ठी थी—वृद्ध को यही सांत्वना थी, यही सुख था। कविराज महाशय दवा देकर चले गए। कैलाशचंद्र शम्भू मिश्र को पुकारकर, विश्वेश्वर के रूप, गुण और बुद्धि इन सबकी समालोचना करने लगे।

दो सप्ताह बीत गए, किंतु बुखार ठीक नहीं हुआ। वृद्ध ने तब तब मुहल्ले के एक लड़के को बुलाकर, विशु को एक पत्र लिखवाया—मोटी बात यह थी कि वे मजे में हैं, और केवल कुछ अस्वस्थ हो गए हैं—किंतु चिंता की कोई बात नहीं है!

यह सुनकर कि कैलाश काका के जीने की जब कोई आशा नहीं है हरिदयाल देखने आए। दो-एक बातचीत के बाद, कैलाशचंद्र ने तकिए के नीचे से वह चिट्ठी निकालकर उसके हाथ पर रखते हुए कहा—'बाबूजी, पढ़ो!'

चिट्ठी बिल्कुल मैली हो गई है, दो-एक जगह फट भी गई है अच्छी तरह से पढ़ा नहीं जा सकता। हरिदयाल जो-जो पढ़ सके, पढ़कर बोले—'सरयू के हाथ की लिखावट है।'

'उसके हाथ का लिखा है, पर चिट्ठी मेरे भइया की है!'

'नीचे उसका नाम भी है।'

वृद्ध बातचीत से उतना संतुष्ट नहीं हुए। बोले—'उसका नाम और उसकी चिट्ठी केवल सरयू ने लिख दिया है। वह जब लिखना सीख लेगा, तो खुद लिखेगा।'

हरिदयाल ने सिर हिलाया।

कैलाशचंद्र उत्साह से कहने लगे—'पढ़ा बाबूजी! मेरा विशु रात को 'दादू-दादू' कहकर रो उठता है—वह क्या भूल सकता है?' इसी समय उनकी आंखों से दो बूंद आंसू गालों पर बहकर तकिए पर आ गिरे।

लखिया की मां पास ही थी, उसने दयाल ठाकुर को इशारे से बाहर बुलाकर कहा—'ठाकुर, जाओ—तुम्हारे रहने पर दिनभर यही बाबूजी इसी प्रकार से बात करेंगे।'

चार-पांच दिन और कट गए। अब हालत निहायत खराब हो गई है। शम्भू मिश्र आजकल रात-दिन वहीं रहते; बीच-बीच में कविराज आकर देख जाते। आज दिनभर होश नहीं था। शाम को कुछ होश हुआ, इसके बाद अर्द्धचेतन अवस्था में पड़े रहे। गंभीर रात को बोले—'विशु दा, मेरा वजीर अब दे दो, नहीं तो मात खा जाऊंगा?'

शम्भू मिश्र के पास आकर कहा—'बाबूजी, क्या बक रहे हो?'

कैलाशचंद्र ने एक बार उनकी ओर देखा, घबराकर एक बार तकिए के नीचे हाथ डाला—जैसे कोई चीज खो गई हो और आवश्यकता के समय हाथ बढ़ाने पर पा नहीं सकते हों। इसके बाद हताश होकर करवट बदलकर मधुर स्वर में बोले—'विशु, विश्वेश्वर, एक बार वजीर दे दो

भाई—वजीर हारने पर खेल कितनी देर होगा?'

इस संसार के दांव पर कैलाशचंद्र वजीर हार गए थे। संसार के मालिक के प्रति कातर भाव से, जैसे उसी की भिक्षा मांग रहे थे। शम्भु मिश्र पास आकर खड़े हो गए, लखिया की मां ने चिराग मुंह के सामने रखकर देखा कि उनकी आंखें चढ़ गई थीं, केवल होंठ अब भी कांप-कांपकर जैसे कहते हो—'विश्वेश्वर, वजीर हारने पर भला फिर कितनी देर खेल होता है? अरे विशु दा, वजीर कहां है! दे, भाई दे!'

× × ×

दूसरे दिन दयाल ठाकुर ने चंद्रनाथ को पत्र लिख दिया, कि पिछली रात कैलाशचंद्र की मृत्यु हो गई।

बोझ

विवाह

सागरपुर गांव में आज बड़ी धूम है। नौबत और नगाड़ों के बजने से गांव गरम हो उठा है। एक सप्ताह से यहां जो ऊधम मच रहा है, उसे गांव के और आस-पास चार-पांच कोस तक के सभी लोग जानते हैं। इस राजसूय-यज्ञ में ढोल-नगाड़ों का ऐसा एकत्र समावेश, शहनाई वालों का ऐसा आदर्श ऐक्यभाव, कांसे के बाजों का ऐसा प्रकाण्ड विक्रम दिखाई

दिया, कि इस गांव के लोगों ने इसके पहले ऐसा उपद्रव कभी नहीं देखा था। रंग-बिरंगे वाद्य-यंत्रों की सहायता से, मनुष्य जाति में जो आनंद-कोलाहल उठ खड़ा हुआ था–उससे गांव के पशु अत्यंत विरक्त हो उठे थे। इतने आनंद-समारोह का कारण, एक नाबालिग चौदह वर्ष के बालक का विवाह था। सागरपुर के जमींदार श्रीयुत हरदेव मित्र के एकमात्र पुत्र के विवाह के उपलक्ष्य में ही ऐसा आयोजन हो रहा था। हरदेव मित्र बहुत बड़े आदमी हैं। प्रायः पच्चीस-छब्बीस हजार रुपए वार्षिक आमदनी है उनकी। वर का नाम श्रीयुत सत्येन्द्र कुमार मित्र; हेयर साहब के स्कूल में एक ऐंट्रेंस क्लास में पढ़ रहा है। इतनी छोटी उम्र में विवाह का एकमात्र कारण, सत्येन्द्र की माता की वधू देखने की प्रकाण्ड साध ही है।

बर्दवान जिले के दिलजानपुर के जमींदार, श्रीयुत कामाख्याचरण चौधरी की छोटी पुत्री सरला के साथ सत्येन्द्र का विवाह हो गया।

बहू सुंदर है। सत्येन्द्र बड़ा सुखी है।

दस वर्ष की, सुंदर, छोटी-सी बहू का मुंह देखकर सत्येन्द्र की माता विशेष प्रसन्न हुई। विवाह के दूसरे वर्ष ही हरदेवबाबू बहू को विदा करा लाए। कारण, गृहिणी की ऐसी इच्छा नहीं थी कि बहू को पिता के घर में रहने दिया जाए। वे प्रायः कहतीं–'विवाह हो जाने पर, लड़की को फिर पिता के घर नहीं रहने देना चाहिए।' राय बुरी भी नहीं थी।

सत्येन्द्र की पढ़ाई की सुविधा के लिए, हरदेवबाबू को स्त्री सहित कलकत्ता में ही रहना पड़ता था। सरला कलकत्ता आ पहुंची। अल्पायु में विवाह होने के कारण सरला हरदेवबाबू से बात करती थी; यही क्यों, सत्येन्द्र के उपस्थित रहने पर भी वह सास के साथ बात करती–सास को इससे आनंद के अतिरिक्त दुख नहीं होता था।

कुछ दिन पश्चात्, कामाख्याबाबू सरला को एक बार घर लिवा ले गए। उसके दो-एक महीने बाद सत्येन्द्र एक दिन रुष्ट होकर

बोला—'किताबों में धूलि भर गई है, दावात की स्याही सूख गई है! ऐसा कोई आदमी नहीं है, जो इन चीजों को देखे!'

मां बात समझ गई। हरदेव बाबू के कान में भी पड़ी। उन्होंने हंसकर बहू को बुला भेजा; लिखा—'हमारे घर में बड़ा उपद्रव उठ खड़ा हुआ है, बहू के आए बिना नहीं रुकेगा। अस्तु, बहू को भेज दीजिए!'

सरला फिर आ गई। सत्येन्द्र के छोटे-छोटे कामों को वही करती। पुस्तकों को झाड़-पोंछकर सजाकर रखती, कॉलेज के कपड़े-लत्तों को ठीक करके रख देती—अर्थात् जल्दी में, दोनों बांहों में दो प्रकार के बटन लगे, किंवा भोजन करने में अधिक विलम्ब हो गया है, कॉलेज का एक घण्टा बीता जा रहा है—एक पांव में कार्पेट का और दूसरे पांव में वार्निश किया हुआ जूता वह न पहन डाले, उजले-साफ कोट पर धोबी के घर जाने वाली चादर जुल्म न कर बैठे—इन सब कामों को सरला ही देखती। सरला के न होने पर, इन सबमें गड़बड़ी प्रायः ही हो जाती। ऐसा अन्यमनस्क आदमी किसी ने कहीं भी नहीं देखा होगा! ये सब काम सरला के अतिरिक्त अन्य किसी से नहीं हो सकते थे, और होने पर भी सत्येन्द्र को पसंद नहीं आ सकते थे; अतः सब कामों को सरला ही करती।

दो

सुशीला के लड़के का *अन्नप्राशन*

सुशीला सरला की बड़ी बहिन है। उसके लड़के का अन्नप्राशन है। अस्तु कामाख्या बाबू धेवते के अन्नप्राशन के उपलक्ष में, घर के सब लोगों को साथ लेकर जाने के लिए कलकत्ता आए।

सरला की दीदी ने, सरल और सत्येन्द्र को आने के लिए विशेष

अनुरोधपूर्वक पत्र लिखा है। विशेषतः सरला प्रायः तीन वर्ष से दिलजानपुर नहीं गई है। सत्येन्द्र भी अब जाने के लिए तैयार हो गया। कामाख्या बाबू अत्यंत आनंद में भरकर, जमाई और कन्या को साथ लेकर घर लौट आए।

गृहिणी बहुत दिनों बाद उन्हें देखकर अत्यंत आह्लादित हुई। जिसके लड़के का अन्नप्राशन है, उसने आकर दोनों को बहुत-सी बातें सुनाईं और अनेक प्रकार से प्रसन्न कर दिया।

शुभ कर्म निर्विघ्न समाप्त हो जाने के उपरांत सत्येन्द्र ने घर लौटना चाहा; परंतु गृहिणी ने इस संबंध में बड़ी आपत्ति की। बोली—'इतने दिनों बाद आए हैं; और भी कुछ दिन ठहरना होगा!'

सरला ने भी नहीं छोड़ा। अस्तु और भी दो-चार दिन रहने के लिए सत्येन्द्र तैयार हो गया। दो-चार दिन कट गए, तब भी सरला नहीं छोड़ना चाहती। परंतु न जाने से भी नहीं बनेगा—पढ़ाई-लिखाई की बहुत हानि होगी; परीक्षा में भी अधिक समय नहीं है। आने के समय सरला ने पूछा—'मुझे कब लिवा ले जाओगे?'

सत्येन्द्र ने कहा—'जब चलोगी तभी!'

'तो मुझे दस-बारह दिन बाद ही लिवा ले जाना!'

सत्येन्द्र अत्यंत प्रसन्न हुआ। उसने इतना सोचा भी नहीं था।

उस समय आंसुओं के बीच सरला ने पति को विदा देते हुए, हंसकर कहा—'देखो, मेरे लिए चिंता मत करना; और रातभर पढ़-पढ़कर बीमार मत हो जाना!'

रात में दस बजे से अधिक देर तक न पढ़ने के लिए—सरला ने विशेष रूप से अपने सिर की शपथ दिला दी। न जाने कैसा रीता-सा मन लिए हुए, सत्येन्द्र उसी दिन कलकत्ता पहुंचा।

सत्येन्द्र एक पुस्तक लेकर बैठा है। पुस्तक के पृष्ठों के साथ मन का एक विषम द्वंद्व-युद्ध चल रहा है।

सत्येन्द्र ने गिनकर देखा—सारे दिन में केवल छब्बीस पंक्तियां ही पढ़ीं। दुखी होकर उसने सोचा—'वाह! इसी तरह पढ़कर पास होऊंगा?' क्रमशः दुख किंचित् क्रोध में परिणित हो गया। उसने सोचा—यह सब उसी सरला का दोष है! आज पांच दिन हो आए, तनिक भी नहीं पढ़ सका। पहले लगता था कि पढ़ते समय विरक्त करने के लिए, दस बजे से अधिक का समय होते ही वह प्रकाश बुझा देती है—अतः इसे कहीं भेज देने पर ही अच्छी तरह पढ़ सकूंगा। अब ठीक उल्टा है। कल उसे लेने जाऊंगा। अन्यथा क्या शर्म के कारण फेल हो जाऊं?'

जो भी हो, सत्येन्द्र कोई इसकी तरकीब निकाल रहा था कि किस तरह उसे लाया जाए।—कहूं तो किस तरह कहूं? लज्जा लगती है! उससे इतना प्यार कैसे हो गया? दो दिन....।

नौकर ने आकर एक टेलीग्राम हाथ में दिया। सत्येन्द्र अत्यंत विस्मित हुआ। और सोचने का समय नहीं है; कहां का तार है? लिफाफा खोलते समय सत्येन्द्र का हृदय धड़कने लगा। भीतर जो लिखा था, उससे मस्तक एक बार घूम गया—सरला बीमार है!

उसी दिन हरदेव बाबू ने सत्येन्द्र को लेकर दिलनाजपुर की यात्रा की।

घर के सामने की कामाख्या बाबू से भेंट हुई। हरदेव बाबू ने चिल्लाकर पूछा—'बहू कैसी है?'

कामाख्या बाबू ने कहा—'आइए, भीतर चलिए!'

हरदेव बाबू ने भीतर जाकर देखा—सरला हैजे से पीड़ित है। एक दिन में ही सरला को जैसे पहचाना नहीं जा सकता। आंखें बैठ गई हैं, कमल जैसे मुखड़े पर स्याही फिर गई है। विज्ञ हरदेव बाबू समझ गए—हालत अधिक अच्छी नहीं है। आंखें पोंछते हुए पुकारा—'बेटी सरला!'

सरला ने आंखें खोलकर देखा। उस समय सरला को बहुत चेत था।—'कैसी हो बेटी?'—उसने सुना।

हंसकर बोली—'ठीक तो हूं!'

दोनों जने ही समझ गए, परस्पर समझौता हो गया। सबके चले जाने पर सत्येन्द्र पास आकर बैठ गया। भीषण आतंक में मुंह से बात नहीं निकली। तदुपरांत जबर्दस्ती, नीरस-टूटे हुए गले से सत्येन्द्र ने पुकारा—'सरो!' यह क्या भूल हुई?' सरला ने देखा। उसने हरदेव बाबू को देखकर पहले से ही, सत्येन्द्र के आगमन का बहुत-कुछ अनुमान कर लिया था। सरला को पति से मजाक करना बहुत अच्छा लगता था; हंसकर बोली—'क्यों, लेने आए हो?'

आवाज बैठ गई है। अब तक किसी प्रकार सत्येन्द्र आंखों में आंसुओं को रोके हुए था; यह हालत देखकर वह बालू का बांध टूट गया।

सत्येन्द्र जानता था—यह समय रोने का नहीं है; परंतु जली हुई आंखों को क्या इतनी समझ है? बहुत धीरे-धीरे, स्वच्छतापूर्वक, उन्होंने एक के बाद एक करके बूंदे बहाना शुरू कर दिया। वे जैसे सरला के अंग में समाई जा रही हों। ऐसा अवसर उन्हें कभी मिला है क्या? नहीं कि नहीं मिला! तुम्हारी या सरला कभी खातिर वे क्या ऐसा सुयोग छोड़ दें? सरला ने पति को कभी रोते हुए नहीं देखा था। वह भी रोने लगी। बहुत देर बाद आंखें पोंछती हुई बोली—'छिः रोते हो? पुरुषों को क्या रोना चाहिए?'

यह क्या ठीक है? सरला खूब समझ गई। अंतर्दाह से वे सूखकर काठ हो जाएं, परंतु एक बूंद पानी भी बाहर न गिरे। आंसू स्त्रियों के लिए हैं। पुरुषों को उनमें हस्तक्षेप का अधिकार नहीं है। यंत्रणा से जल जाने पर वे रो नहीं सकते। रोने पर स्त्री हो जाएंगे। सरला! यह व्यवस्था क्या तुम्हारे ही लिए है? सरला पति के हाथ को अपने हाथ में दबाती हुई रो उठी—'दूसरे

जन्म में विश्वास करते हो क्या?'

सत्येन्द्र रोता-रोता बोला—'करता था या नहीं, सो नहीं जानता; परंतु आज से पूर्णरूपेण विश्वास करूंगा!'

सरला के मुख पर किंचित हंसी का चिह्न दिखाई दिया। औषधि पिलाने का समय हो गया देखकर कामाख्या बाबू, हरदेव बाबू एवं डॉक्टर बाबू ने कमरे में प्रवेश किया। डॉक्टर ने नाड़ी पकड़ते हुए कहा—'आशा बहुत कम है; तो भी जो ईश्वर की इच्छा हो!'

ईश्वर की इच्छा से, दूसरे ही दिन सवेरे सात बजे सरला की मृत्यु हो गई।

संध्या के समय हरदेव बाबू, सत्येन्द्र को साथ लेकर कलकत्ता लौट आए।

तीन
फिर विवाह

क्या जाने क्या हो गया है! राज-शय्या पर शयन करके, इन्द्रत्व का सुख थोड़ा-बहुत प्राप्त कर रहा था; किसी ने जैसे झकझोरकर उस सुख-स्वप्न को भंग कर दिया। आधी रात में उठ बैठा हूं, नींद टूट गई है—मेरा आजीवन साथी उसी अधटूटी खाट पर सो रहा है—मैं रोऊं या हंसूं? सुख के स्रोत में अनंत की ओर बहा जा रहा था— अचानक जैसे अनजाने लोगों के जाल में बंध गया हूं; और शायद कभी बचकर न जा सकूंगा। सब कुछ जैसे बदल गया है। जीवन के केंद्र तक को न जाने कौन खींचकर परिधि से बाहर ले गया है। कुछ भी सूझ नहीं रहा है। यह क्या हो गया? रात में सत्येन्द्र खिड़की के सहारे बैठा हुआ, सागरपुर का अंधकार देख रहा था। पेड़-पौधे न जाने कैसे निस्तब्ध हो, सत्येन्द्र के साथ मूक वाक्य-विनिमय कर रहे थे।

सांय-सांय करती हुई—नैश पवन बहती हुई चली गई। कुछ कह गई है क्या? कहेगी क्या—वही एक बात! सब वस्तुएं वही पर बात कह जाती हैं। क्या हो गया? पपीहा अब पिया-पिया नहीं बोलता, ठीक जैसे कहता है—'मर गया!' 'बहू कहां हैं'—कहकर पिड़कुलिया भी अब अपनी बोली नहीं बोलती। वह भी कहती है—'बहू मर गई!' सब वस्तुएं यही एक ही बात बार-बार कहती हुई, कहां क्यों भाग रही हैं? सांय-सांय करता हुआ नैश पवन जैसे एक ही बात कहता है—'नहीं, नहीं, वह नहीं है!'

कैसे हो सत्य? माथे में क्या बहुत दर्द मालूम हो रहा है? उसे तो अब बहुत दिन हो गए! जरा सो जाओ भाई! चिरकाल तक क्या एक ही भाव से इस खिड़की के सहारे बैठे रहोगे? सत्येन्द्र अंधेरे में नक्षत्रों को देख रहा था। जो सबसे अधिक क्षीण थे, उन्हें विशेष रूप से आंखें गड़ाकर देख रहा था।

आंखें बंद करने का साहस नहीं होता। देखते-देखते क्लांत होकर वह उसी तरह सो गया। सवेरे नींद टूटने पर फिर उसी ओर देखने की चेष्टा करता। उजाला अच्छा नहीं लगता। चांदनी से अब प्रसन्नता नहीं होती। इन क्षीण प्रकाश वाले नक्षत्रों में प्रकाश दिखाई देता है! सत्येन्द्र एम०ए० की परीक्षा में फेल हो गया। पास होने की इच्छा भी अब नहीं है। उत्साह बुझ गया है, पास करने से क्या नक्षत्र पास आ जाएंगे? हरदेव बाबू सपरिवार देश (गांव) लौट आए हैं। सत्येन्द्र कहता है—वह घर रहकर ही अच्छी तरह परीक्षा दे सकेगा। शहर की इतनी धमाचौकड़ी में अच्छी तरह पढ़ाई-लिखाई नहीं हो पाती। सत्येन्द्र इस समय और ही तरह का आदमी हो गया है। उसका मुंह देखकर लगता है—जैसे बहुत दिनों से कुछ भी नहीं खाया है! जैसे सम्पूर्ण कष्टों से हाल की में आरोग्य-लाभ किया है।

दोपहर के समय सत्येन्द्र कमरे का दरवाजा बंद कर, फोटोग्राफ की धूलि झाड़-पोंछ कर साफ करने लगता है। अपनी पुरानी पुस्तकों को सजाने बैठ जाता है, हारमोनियम का ढक्कन खोलकर इधर-उधर साफ किया करता है। सरला द्वारा परिष्कृत पुस्तकों का और अधिक परिष्कार करता है, अच्छे-अच्छे कागज लेकर सरला को पत्र लिखकर, न जाने क्या पता लिखकर अपने ही बक्स में बंद कर देता है। सत्येन्द्र नाथ! तुम अकेले नहीं हो। अनेक लोगों का भाग्य, तुम्हारी ही तरह अल्पायु में जलकर भस्म हो जाता है। सभी क्या तुम्हारी ही तरह पागल हो जाते हैं? सावधान, सत्येन्द्र सभी की एक सीमा होती है। स्वर्गीय प्यार की भी एक सीमा निश्चित है! यदि सीमा छोड़ दोगे, तो कष्ट पाओगे–कोई बचा नहीं सकेगा। सत्येन्द्र की माता बड़ी बुद्धिमती है। उन्होंने एक दिन पति को बुलाकर कहा–'हमारे सत्य को क्या हो गया है–देख रहे हो?'

पति ने कहा–'देख तो रहा हूं–किंतु क्या करूं?'

'दूसरा विवाह कर दो। अच्छी बहू आने पर सत्य फिर हंसेगा–फिर बात करेगा!'

उस दिन सत्य खाना खाने बैठा, तो माता बोली–'मेरी एक बात सुनेगा?'

'क्या?'

'तुझे दूसरा विवाह करना होगा!'

सत्य हंसकर बोल–'यह बात! सो इस उम्र में यह सब क्यों?'

मां ने पहले से ही आंसू इकट्ठे कर रक्खे थे, वे अब बिना बात के बहने लगे। मां आंखें पोंछकर बोली–'बेटा, यह इक्कीस वर्ष की उम्र कोई बड़ी नहीं है। सरला की बात याद आ जाने से, यह सब बाते मुंह पर लाने की इच्छा नहीं होती–परंतु मैं अब अकेली नहीं रह सकती!

दूसरे दिन प्रातःकाल हरदेव बाबू ने सत्येन्द्र को बुलाकर यही बात

कही। सत्येन्द्र ने कोई उत्तर नहीं दिया। हरदेव बाबू समझ गए—मौनभाव सहमति का ही लक्षण है!

सत्येन्द्र ने कमरे में आकर, सरला के फोटो के सामने खड़े होकर कहा—'सुनती हो सरो, मेरा विवाह होगा!' काश, फोटोग्राफ बात कर सकता! कर सकता तो क्या कहता? 'ठीक तो है'—यही कहता क्या?

चार

नलिनी

सत्येन्द्र का विवाह इस बार कलकत्ता से हुआ। शुभ दृष्टि से समय सत्येन्द्र ने देखा—मुंह बहुत सुंदर है। होने दो सुंदर! तथापि सोचा उसके माथे पर एक बोझ आ पड़ा।

विवाह के बाद दो वर्ष तक नलिनी पिता के घर में ही रही, तीसरी वर्ष वह श्वसुर के घर में आई। गृहिणी ने नववधू का चांद-सा मुखड़ा देखकर फिर सरला को भूलने का प्रयत्न किया, फिर गृहस्थी चलाने की चेष्टा की। रात में जब दोनों जने पास-पास सोते रहते, तो कोई किसी से बात नहीं करता।

नलिनी सोचती—'इतनी उपेक्षा क्यों?'

सत्य सोचता—'यह कहां की कौन है—जो मेरी सरो के स्थान पर सो रही है?'

नववधू लज्जा के कारण पति से बात नहीं कर पाती। सत्येन्द्र सोचता बात न करना ही अच्छा है!

एक दिन रात में सत्येन्द्र की नींद टूट गई। उसने देखा—बिछौने पर कोई नहीं है। अच्छी तरह निगाह उठाकर देखा—कोई एक व्यक्ति खिड़की के पास बैठा है। खिड़की खुलीं हुई है। खुले हुए मार्ग से चांदनी

का प्रकाश प्रवेश कर रहा है, उस प्रकाश में सत्येन्द्र नलिनी के मुंह का कुछ भाग देख सका—नींद की ख़ुमारी और चांदनी के प्रकाश में वह मुख अत्यंत सुंदर दिखाई पड़ा।

कान लगाकर उसने सुना—नलिनी रो रही है।

सत्य ने पुकारा—'नलिनी!'

नलिनी चौंक उठी—पति बुला रहे हैं। अन्य स्त्री क्या करती, पता नहीं; परंतु वह धीरे-धीरे आकर बैठ गई।

सत्येन्द्र बोला—'रो क्यों रही हो?....क्यों रोती हो?' आंसुओं का प्रवाह द्विगुण मात्रा में बहने लगा—उसकी सोलह वर्ष की उम्र में पति ने यही प्यार की बात कही है!

बहुत देर तक दबा-दबाकर रोने के बाद, आंखें पोंछकर धीरे-धीरे वह बोली—'तुम मुझे क्यों नहीं देख पाते?'

'क्या पता क्यों नहीं!' सत्य को भी बड़ी रुलाई आ रही थी। उस रुलाई को रोकते हुए वह बोला—'तुम्हें नहीं देख पाता, यह किसने कहा?'

नलिनी चुपचाप सुनने लगी।

सत्येन्द्र कुछ देर चुप रहकर बोला—'सोचा था, यह बात किसी से नहीं कहूंगा; परंतु न कहने से भी कोई लाभ नहीं है—तुमसे कुछ नहीं छिपाऊंगा! सब बातें खोलकर कहने पर समझ जातीं कि मैं ऐसा क्यों हूं। मैं अब भी सरला को—अपनी पहली स्त्री को—भूल नहीं सका हूं। भूल जाऊंगा—ऐसा भरोसा भी नहीं करता, इच्छा भी नहीं होती। तुम अभागे के हाथ में आ पड़ी हो—तुम्हें कभी सुखी कर सकूंगा, ऐसी आशा नहीं होती। अपनी इच्छा से मैंने तुम्हारे साथ विवाह नहीं किया—अपनी इच्छा से तुम्हें प्यार भी नहीं कर सकूंगा!' गहरी रात में दोनों व्यक्ति बहुत देर तक इसी भाव से बैठे रहे। सत्येन्द्र समझ गया—नलिनी रो रही है। वह भी रोया था क्या? एक-एक कर सरला की बातें उसे याद आने लगीं,

धीरे-धीरे वह मुख हृदय में स्पष्ट हो उठा–'लेने आए हों?' याद आया। बिना बुलाए आंसुओं को सत्येन्द्र की आंखें अवरुद्ध कर दीं, तदुरांत गालों पर बहते हुए धीरे-धीरे झरने लगे।

आंखें पोंछकर सत्येन्द्र धीरे-धीरे, नलिनी के दोनों हाथों को अपने हाथ में लेकर बोला–'रोओ मत नलिनी! मेरे हाथ में क्या है? रात दिन भीतर-ही-भीतर मैं किस यंत्रणा को भोग रहा हूं–उसे नहीं जानता! मन में बड़ा कष्ट है। यह कष्ट यदि कभी दूर हो, तब तो तुम्हें प्यार कर सकूंगा–और तभी फिर तुम्हारी देखभाल कर सकूंगा!'

इस विषादपूर्ण-स्नेहमयी बात का मूल्य कितने लोग समझे हैं! नलिनी बड़ी बुद्धिमती थी; वह पति का कष्ट समझ गई। पति उसे प्यार नहीं करते–यह बात उसने उनके मुंह से सुनी, तो भी वह रूठी नहीं। बेवकूफ लड़की! सोलह वर्ष की उम्र में भी यदि अभिमान नहीं करेगी, तो कब करेगी? परंतु नलिनी ने सोचा–'रूठना पहले है या स्वामी पहले हैं?'

उस दिन से, क्या करने से पति का कष्ट दूर होगा–यही उसकी चिंता का एकमात्र विषय हो गया। किस प्रकार से स्वामी सौत को भूल सकेंगे–यह बात उसने एक बार भी नहीं सोची। दुखिया का यदि कोई व्यथा-भागी हो, कष्ट में यदि कोई सहानुभूति प्रकट करे, दुखी की कहानी को कोई आग्रहपूर्वक सुने–तो शायद उस जैसा हितू इस संसार में और कोई नहीं है! इसके पश्चात् सत्येन्द्र नलिनी को प्रायः पहले की बातें बताया करता। बहुत रातें दोनों जनों ने उसी एक ही बात में बिता दीं। सत्येन्द्र ही केवल कहता हो, यह बात नहीं है–नलिनी भी आग्रहपूर्वक, पति के पहले प्यार की कथा को सुनना पसंद करती थी।

पांच

दो वर्ष बाद

दो वर्ष बीत गए हैं। नलिनी की उम्र अब अठारह वर्ष की है। उसे अब पहले की भांति कष्ट नहीं है। अब पति उसकी उपेक्षा नहीं करते। पति के प्यार को उसने जबर्दस्ती पा लिया है। जो किसी वस्तु को जबर्दस्ती लेना जानता है, वह उसे रखना भी जानता है। उसे अब और कोई कष्ट नहीं है। सत्येन्द्र नाथ इस समय पवना का डिप्टी-मजिस्ट्रेट है। स्त्री के यत्न से, स्त्री के एकाग्र प्यार से उसमें अनेक परिवर्तन हो गए हैं। कचहरी के काम से अवकाश पाकर वह नलिनी के साथ गपशप करता है, हंसी-मजाक करता है, गाना-बजाना करके प्रसन्न होता है। एक वाक्य में, सत्येन्द्र बहुत कुछ मनुष्य हो गया है! मनुष्य जिसे पा नहीं सकता–वही वस्तु उसकी अत्यंत प्रिय सामग्री होकर खड़ी रहती है। मनुष्य का चरित्र ऐसा ही है। तुम अशांति में हो, शांति ढूंढ़ने को घूम रहे हो–मैं शांति भोग रहा हूं, तो भी कहीं से जैसे अशांति को खींच लाया करता हूं।

फल को ग्रहण करना, जैसे मनुष्य का स्वभाव-सिद्ध भाव है। जो मछली भाग जाती है, क्या वही बड़ी होती है? सत्येन्द्र नाथ भी मनुष्य है। मनुष्य का स्वभाव कहां जाएगा! इतने प्यार, यत्न और शांति के बीच रहकर भी, उसके हृदय में कभी-कभी बिजली की भांति अशांति जाग उठती है। पलभर में ही, मन के भीतर वैद्युतिक क्रिया की भांति जो उपद्रव उठ खड़ा होता है। उसे संभाल लेने में नलिनी को बड़ा परिश्रम करना पड़ता है। कभी-कभी उसके मन को लगता शायद अब यह संभाल नहीं सकेगी! इतने दिनों की चेष्टा, यत्न, अध्यवसाय–सभी शायद निष्फल हो जाएंगे। नलिनी की जरा-सी त्रुटि देखते ही, सत्येन्द्र सोचता–'सरला के रहने पर शायद ऐसा नहीं होता!' होता या नहीं भगवान जाने। शायद नहीं

होता, शायद इसकी अपेक्षा चौगुना होता—परंतु उससे क्या? वह मछली जो भाग गई है! सत्येन्द्र अब भी सरला को भूल नहीं पाता। कचहरी से आते ही यदि वह नलिनी को नहीं देख पाता तो मन में सोचता—'कहां वह, कहां यह!'

नलिनी बड़ी बुद्धिमती है। वह सदैव स्वामी के पास ही रहती है। कारण, वह जानती है—अब भी वे सरला को भूले नहीं हैं। एकदम भूल जाएं—यह इच्छा नलिनी के मन में कभी नहीं होती; तो भी व्यर्थ ही वे मन में कष्ट न पाएं—इसीलिए वह सदैव पास रहती है, देखभाल करती है। सरला को वे न भूलें, परंतु उसका भी वे निरादर तो नहीं करते—यही नलिनी को बहुत है!

गोपीकांत राय पवना के एक सम्भ्रांत वकील हैं। कलकत्ता में उनका मकान, नलिनी के मकान के पास ही है। किसी एक रिश्ते से, नलिनी उन्हें चाचा कहकर पुकारती है। राय चाची प्रायः ही सत्येन्द्र के घर घूमने-फिरने आती हैं। गोपी बाबू भी प्रायः आते हैं। गांव के रिश्ते के चचिया-श्वसुर का सत्येन्द्र नाथ बहुत सम्मान करते हैं। सत्येन्द्र का निवास उनके घर से दूर होते हुए भी, दोनों परिवारों में बहुत मेल जोल हो गया है।

नलिनी भी कभी-कभी चाचा के घर जाती है। कारण—एक तो चाचा का घर, दूसरे गोपी बाबू की कन्या हेमा के साथ बहुत मेल है—वह बाल्यकाल की सहेली है। कोई किसी को छोड़ना नहीं चाहती। उस दिन उस समय बारह बज गए थे। सत्येन्द्र कचहरी चले गए थे। कोई काम न देखकर नलिनी चित्र बनाने बैठ गई। परंतु उसी समय घड़घड़ करती हुई एक गाड़ी डिप्टी साहब के घर के सामने आने लगी।

कौन आया है? शायद हेम है! अधिक नहीं सोचना पड़ा। विषय कोलाहल करती हुई हेमांगिनी आ उपस्थित हुई। हेमा ने आकर एकदम

नलिनी के केश पकड़ लिए, कहा–'और लिखने-पढ़ने की जरूरत नहीं है; उठो, हमारे घर चलो! कल बड़े भाई की बहू आई है।'

नलिनी ने कहा–'बहू आई है, तो साथ क्यों नहीं ले आई?'

हेमा ने कहा–'सो कैसे होता? नई आई है–एकदम उसे यहां कैसे ले आती?'

नलिनी ने कहा–'तो मैं ही वहां कैसे जाऊंगी?- हेमांगिनी हंसती हुई बोली–'तेरा सिर जाएगा, यह मैं अभी खींच लिए जाती हूं!'

बाल पकड़कर खींचते हुए ले जाने पर, नलिनी को ही क्यों, बहुतों को जाना पड़ता! सो नलिनी को भी जाना पड़ा।

जाने में नलिनी को विशेष आपत्ति थी। कारण, उसके घर जाकर लौटने में देर हो जाती थी। दो-एक दिन नलिनी के घर से लौटने से पहले ही सत्येन्द्र नाथ कचहरी से लौट आए थे। उस हालत में सत्येन्द्र को बड़ी असुविधा होती। वे कुछ मन में सोचते चाहे न सोचते, नलिनी बड़ी लज्जित होती; क्योंकि वह जानती थी–कचहरी से लौटने पर उसके हाथ की हवा खाए बिना पति की गर्मी दूर नहीं होती! विधाता की इच्छा–बहुत प्रयत्न करने पर भी, आज भी नलिनी सात बजे से पहले नहीं लौट सकी। आकर उसने देखा–सत्येन्द्र रामाचार-पत्र पढ़ रहे हैं, उस समय तक कुछ भी नहीं खाया है। खिलाने का भार नलिनी ने अपने ही हाथ में रखा था। पास आने पर सत्येन्द्र हंसे, पर वह हंसी नलिनी को अच्छी नहीं लगी। वह मन में सिहर उठी। आसन बिछाकर नलिनी ने जलपान कराने की चेष्टा की, परंतु सत्येन्द्र ने कुछ भी नहीं छुआ। भूख बिल्कुल नहीं है। बड़ी साध्य-साधना से भी उन्होंने कुछ नहीं खाया। नलिनी समझ गई–यह अभिमान किसलिए है!

छः

भाग्य फूट गया क्या

आज हेमांगिनी ससुराल जाएगी। उसके पति उपेन्द्र बाबू उसे लेने आए हैं। नलिनी का बहुत दिनों से हेमा के साथ साक्षात्कार नहीं हुआ है। इसी से आज हेमा ने बहुत दुखी होकर, उसे आने के लिए लिखा है।

नलिनी ने प्रतिज्ञा की थी—पति आज्ञा के बिना वह फिर कहीं नहीं जाएगी; परंतु आज उस प्रतिज्ञा की रक्षा करने पर, प्रिय सखी के साथ फिर मुलाकात नहीं हो सकती। नलिनी बड़ी विपत्ति में पड़ी। हेमा ने लिखा था—वे लोग तीन बजे की ट्रेन से रवाना होंगे। तब पति की आज्ञा किस प्रकार ली जा सकती है? बहुत कुतर्कों के बाद नलिनी ने जाना ही निश्चित किया। जाते समय उसने दासी से कह दिया, 'ठीक तीन बजे के वक्त राय बाबू के मकान पर गाड़ी भिजवा देना।' गाड़ी भी भेजी गई, परंतु हेमा की तीन बजे की ट्रेन से जाना न हो सका। अस्तु, उसने नलिनी को किसी भी प्रकार नहीं छोड़ा। बहुत जिद करके भी वह हेमा के हाथ से छुटकारा न पा सकी। हेमा आज बहुत दिनों के लिए जा रही है। बहुत समय तक फिर भेंट नहीं होगी—सहज ही कौन छोड़ दे?

घर लौटने में विलम्ब होने से पति रुष्ट होंगे—यह बात कहने में नलिनी को शर्म लगती थी—सहज ही यह बात कौन कह सकता है? इस हीनता को कौन स्वीकार करे? विशेषकर इस आयु में! अंत में वह बात भी उसने कही; परंतु हेमा ने उस पर विश्वास नहीं किया। वह हंसती हुई बोली—'बेवकूफ मत समझना, नाराजी-वाराजी की बात मैं खूब समझती हूं! उपेन्द्र बाबू भी बहुत नाराज होना जानते हैं!!'

बात को हेमा ने हंसी में उड़ा दिया, परंतु नलिनी को हार्दिक कष्ट हुआ। सभी के पति क्या एक ही सांचे में ढले हुए हैं? सभी क्या उपेन्द्र

बाबू की तरह हैं?

नलिनी जब लौटकर आई, तब रात के दस बज गए थे। आकर उसने सुना—बाबू बाहर सो गए हैं।

मातंगिनी उर्फ मातू, नलिनी के मायके की नौकरानी थी—वह नलिनी के साथ आई थी। बहुत पुरानी नौकरानी होने से वह नलिनी को बहुत अधिक स्नेह करती थी, इसी से आज उसने नलिनी को दस कड़ी बा:तें सुना दीं। घर में केवल वही जानती थी, कि सत्य बाबू ने बहुत नाराज होकर ही बाहर पलंग बिछाने की आज्ञा दी थी!

गंभीर रात्रि में—जब पलंग पर लेटकर आंखें बंद किए हुए सत्येन्द्र नाथ, पूर्व स्मृति को जगाने की चेष्टा कर रहे थे—जब वे बहुत दिनों से गायब, प्रफुल्ल कमल-सदृश सरला के मुख के साथ नलिनी के मुख की तुलना कर रहे थे, जब सरला के प्यार के समक्ष नलिनी के प्यार—समुद्र के समक्ष गोस्पद के जल की धारणा करने के लिए मन के भीतर विषम आंधी को उत्पन्न कर रहे थे, उसी समय धीरे-धीरे द्वार खोलकर नलिनी ने उस कमरे में प्रवेश किया। सत्येन्द्र ने आंख उठाकर देखा—नलिनी है। नलिनी आकर सत्येन्द्र के पांवों के पास बैठ गई। सत्येन्द्र ने आंखें बंद कर लीं। बहुत समय इसी तरह कट गया—देखकर सत्येन्द्रनाथ विरक्त हो गए। करवट बदलकर, परुष-भाव से स्पष्ट स्वर में कहा—'तुम यहां कैसे?'

नलिनी रो रही थी, कुछ नहीं कर सकी। रोना देखकर डिप्टी साहब कुछ और क्रुद्ध होकर बोली—'रात हो गई, जाओ भीतर जाकर सो जाओ!' नलिनी रो रही थी, इस बार आंखों का पानी पोंछकर वह बोली—'तुम सोने चलो!'

सत्य ने गर्दन हिलाई, बोले—'मुझे बड़ी नींद आ रही है, अब नहीं उठ सकूंगा!'

रोने से सत्येन्द्र विरक्त हो उठे। नलिनी ने आंखों का पानी पोंछ लिया—पति के पास वह और नहीं रोएगी। धीरे-धीरे उनके पांवों के ऊपर हाथ रखकर नलिनी बोली—'इस बार मुझे क्षमा कर दो! यहां तुम्हें बहुत कष्ट होगा, भीतर चलो!'

सत्येन्द्र ने अब भीतर न जाने की प्रतिज्ञा कर ली थी! वे बोले—'इतनी रात बीते, कष्ट की बात सोचने की जरूरत नहीं है! तुम सो जाओ, मैं भी सो रहा हूं।'

नलिनी सत्येन्द्र को पहचानती थी। सारी रात उसने अपने कमरे में बैठकर रोते हुए काट दी। बोली—'ओ हेमांगिनी, एक बार देख जा न! नाराजी-वाराजी की बात तो तू खूब समझती है—एक बार मिटा क्यों नहीं जाती?' दूसरे दिन भी सत्येन्द्र घर के भीतर नहीं आए और नलिनी के साथ साक्षात्कार नहीं किया।

नलिनी का एक पत्र मातू ने सत्येन्द्र के हाथ में दिया। उन्होंने उसे बिना पढ़े ही, मातंगिनी के सामने फाड़कर फेंकते हुए कहा—'यह सब फिर मत लाना!'

चार-पांच दिन बाद नलिनी के बड़े भाई श्रीयुत नरेन्द्र बाबू पवना में आ पहुंचे। अचानक बड़े भाई को देखकर नलिनी अत्यंत संतुष्ट हुई, परंतु उससे भी अधिक चकित रह गई।

'दादा, कैसे?'

नरेन्द्र बाबू ने नलिनी से भेंट कर हंसते हुए कहा—'घर जाने के लिए इतनी उतावली क्यों हो गई बहिन?'

'उतावली?'—बात का अर्थ नलिनी उसी समय समझ गई। वह हंसकर बोली—'तुम लोगों को बहुत दिनों से देखा जो नहीं है!'

सात
हां, फूट गया

जिस दिन पति के चरणों में प्रणाम करके नलिनी अपने बड़े भाई के साथ गाड़ी में सवार हुई—उस रात में सत्येन्द्र बाबू जरा देर को भी नहीं सो सके। सारी रात सत्येन्द्र सोचते रहे—इतना न करने पर भी चल सकता था। बहुत बार सत्य के मन में आया—अब भी समय है, अब भी गाड़ी को लौटवा लें। परंतु हाय रे अभिमान! उसी के कारण नलिनी को लौटाकर नहीं लाया जा सका।

जाते समय मातू भी संग गई थी। वही केवल जाने का यथार्थ कारण जानती थी। नलिनी ने मातू को विशेष रूप से कहा दिया था कि वह घर पर कोई बात न कहे। नलिनी ने सोचा—यह बात प्रकट करने से पति का अपयश होगा। भले हों या बुरे हों, लोग उसके पति को बुरा कहने वाले कौन हैं?

पिता के घर आकर नलिनी ने पिता-माता के चरणों में प्रणाम किया, छोटे भाई को गोद में लिया; तो भी वह हंस नहीं सकी।

मां बोली—'मेरी नलिनी एक ही दिन की गाड़ी की थकान से सूख गई है।' परंतु वह शुष्क मुख फिर प्रफुल्ल नहीं हुआ।

दुनिया में प्रायः ही देखा जाता है—किसी सामान्य कारण से ही गुरुतर अनिष्ट की उत्पत्ति होती है। शूपर्णखा का किंचित् चित्तचांचल्य ही सोने की लंका ध्वंस होने का हेतु बना। छोटी-सी रूप-लालसा के लिए ट्रॉय नगर ध्वस्त हो गया। महानुभाव, राजा हरिश्चंद्र सामान्य कारण से ही ऐसी विपत्तिग्रस्त हुए, कि संसार में वैसा दृष्टांत दूसरा नहीं है! यहां भी एक साधारण अभिमान से विषम विपत्ति उत्पन्न हो गई। सत्येन्द्र नाथ को क्या दोष दिया जाए।

नलिनी कभी अभिमान नहीं करती; पति के कष्ट की बात मन में सोचकर, वह चुपचाप सहन करती रहती—पर अब नहीं सहा गया। उसने सोचा—इस क्षुद्र कारण से वह पति द्वारा परित्यक्त हुई तो मर ही क्यों नहीं जाती?

दारुण अभिमान से नलिनी सूखने लगी। उस ओर सत्येन्द्र का अभिमान समाप्त हो चला है। एक क्षण न रहने पर जिसका काम नहीं चलता, उसका यह मिथ्या अभिमान कितने दिनों तक ठहरेगा? अभिमान अब घोर कष्ट का कारण बनकर खड़ा हो गया है। सत्येन्द्र प्रतिदिन प्रतीक्षा करते—आज शायद नलिनी का पत्र आएगा, शायद वह लिखेगी कि मुझे ले जाओ! सत्येन्द्र सोचते—ऐसा होने पर माथे पर रखकर ले आऊंगा, पर कभी ऐसा अन्यायपूर्ण व्यवहार नहीं करूंगा; परंतु होनहार को कौन लांघ सकता है? जो होना है, वही होगा! हम-तुम क्षुद्र प्राणीमात्र हैं। आज कल करते हुए छः महीने निकल गए। हतभागिनी ने कोई बात नहीं लिखी। पापिष्ठ सत्येन्द्र नाथ टूट गए परंतु झुके नहीं। छः महीने बीत गए। क्रमशः सत्येन्द्र को जीवन असह्य हो उठा। लुप्त अभिमान फिर प्रकट हो उठा, क्रोध ने आकर उसमें योग दे दिया। हिताहित-रहित सत्येन्द्र नाथ ने अपना दोष नहीं देखा; सोचा—जिसे अहंकार है, उससे वैसा ही प्रतिरोध लेने की आवश्यकता है!

कोई भी अपना दोष नहीं देखता। ये दोनों अर्द्ध-मिलित हृदय, फिर चिरकाल के लिए विभिन्न हो चले। यौवन के प्रारम्भ में संकुचिता लता को खींचकर बढ़ाया गया था, परंतु इस बार टूटने का उपक्रम हो उठा।

सत्येन्द्र नाथ! तुम्हें दोष नहीं देता; उसे भी नहीं देता। दोनों जनों ने भूल की है, अपराध नहीं किया। भूल देख पाने पर आत्मग्लानि कैसी अधिक होती—इसे भगवान ही जानते हैं। हम भी नहीं समझ सकते, तुम भी नहीं समझ सकते। समझ में नहीं आता, किस आकांक्षा, किस साध

को पूर्ण करने के लिए तुम लोगों ने इतना कर डाला!

साध नहीं मिटती, मिटाने की इच्छा भी नहीं है। क्या साध है—इसे भी शायद अच्छी तरह नहीं समझा जा सकता। तथापि कातर-हृदय किसी एक अतृप्त आकांक्षा से हर समय हा-हाकर कर उठता है। क्या हुआ करता है, क्यों ऐसी अदृश्य की गति उस लक्ष्यहीन प्रांत में परिचालित होती है।—किसी भी प्रकार इसका निर्णय नहीं किया जा सकता।

जो होनहार है, वह होगा ही। इच्छा होने पर भी, मन के साथ द्वंद्वयुद्ध करने पर भी तुम्हें अपराध से छुटकारा दूंगा? दूंगा क्या?

आठ
पुष्प-शय्या

ऐसी रूप-गुणवती बहू, लड़के को पसंद नहीं आई!—गृहिणी को बड़ा दुख है। ऐसी चांद-सी बहू को लेकर भी गृहस्थी नहीं चलाई जा सकी—सोचकर गृहिणी अत्यंत उदास हो उठी। माता के सैकड़ों प्रयत्नों से भी पुत्र का मत नहीं बदला, अब और क्या उपाय है? लड़के को पसंद न हो, तो किसकी बहू? लड़के के आदर से ही बहू का आदर है। और मेरा ही इसमें क्या हाथ है? स्वयं देख-सुनकर विवाह करने से क्या मैं रोक सकती हूं?—इत्यादि मृदु वचनों की आवृत्ति करते-करते अभ्यासानुसार गृहिणी वरण-डाला सजाने बैठ गई।

दो वर्ष पूर्ण हरेदव बाबू की मृत्यु हो गई थी। उस बात को याद कर उनकी आंखों में पानी भर आया, फिर नलिनी की बात को याद कर जल का वेग और भी बढ़ गया—'कौन जाने कैसी बहू आएगी? पति के रहने पर, शायद नलिनी को ऐसी दुरवस्था नहीं देखनी पड़ती।'

सत्येन्द्र विवाह कर लाया। मां ने बहू को 'वरण' कर घर में ले लिया। फिर जली आंखों में पानी भर आया। आंसू बरसाते-बरसाते वे

बोलीं—'आंख में कुछ पड़ गया है, जो पानी आ रहा है!' गिरिबाला बड़ी मुंहफट लड़की है—विशेषकर नलिनी के साथ उसका 'बहिनापा' था। वह कह बैठी—'इस उम्र में तीन बार। और कितनी ही बार आंखों में क्या पड़ेगा—कौन जाने?' बात को गृहिणी से सुना, सत्येन्द्र के भी कान में कई। कल सत्य की पुष्प-शय्या (सुहागरात) है।'

कहीं से एक बड़ी भारी-भरकम सौगात आई है। वर-कन्या के लिए ढाके की साड़ी, धोती, चादर इत्यादि बड़े सुंदर प्रकार की। कन्या के लिए बनारसी साड़ी—ऐसी सुंदर साड़ी गांव में इसके पहले किसी ने नहीं देखी। सभी पूछ रहे थे 'कहां की सौगात है?' मां बार-बार घूंट-सा भरकर कह देती है—'सत्य के किसी मित्र ने भेजी है।'

गृहिणी ने आंखों के आंसू दबाकर, सच्ची बात को दबाकर, हास्यरुदन-मिश्रत मुख से सौगात के मिष्टान्न को बंटवा दिया।

सब लोग अपना हिस्सा लेकर चले गए। जाते समय राजबाला बोली—'खूब सौगात भेजी है!' नृत्यकाली बोली—'सो क्यों नहीं होगी? बड़े लोग सौगात भेजते हैं, तो ऐसी ही भेजते हैं!' क्रमशः यह बात दब गई। तब योगमाया बोली—'अच्छा, दुबारा विवाह क्यों किया?' ज्ञानदा ने कहा—'क्या पता बहिन, ऐसी रूप-गुणवती बहू थी! कौन जाने, वह सब समझ में नहीं आता।'

रासमणि जाति ने नाई की कन्या है; तो भी स्थिति अच्छी है। देखने में भी बुरी नहीं है, केवल नाक ही थोड़ी चपटी है। कोई-कोई पराई सम्पत्ति को दोष देने वाले लोग, उसकी आंखों को भी दोष देते हैं, कहते हैं—'हाथी की आंखों से भी छोटी हैं।'

खैर, इस निंदा से हमें कोई मतलब नहीं। रासमणि तनिक हंसकर बोली—'तुम्हारे सिर में यदि बुद्धि होती, तो क्या ऐसी बातें करतीं? वह जो सदैव खिलखिलाकर हंसती रहती थी, उसी से हमें संदेह हो गया था

कि उसका स्वभाव और चरित्र अच्छा नहीं था। अन्यथा नौकरों की तरह भगा देते? फिर ब्याह करते?' मुख से कुछ न कहने पर भी उसकी बात बहुतों के मत से मिल गई।

इसके दो-एक दिन बाद, गांव में प्रायः सभी लोग जान गए कि रासमणि ने जमींदार के घर का गूढ़ रहस्य प्रकट कर दिया है। नाई की लड़की न होती, तो इतनी बुद्धि क्या किसी ब्राह्मण-कायस्थ की लड़की में होती? बात को बहुतों ने स्वीकार कर लिया।

इस बार गृहिणी की बारी थी। यह बात जब उनके कान में पहुंची वे घर के किवाड़ बंद कर एकदम पृथ्वी पर लौटने लगीं। हमारी नलिनी कुलटा! कौन जाने क्यों, गृहिणी ने सरला की अपेक्षा नलिनी को अधिक प्यार किया था। जिंदगीभर के लिए उसी नलिनी का भाग्य फूट गया था। गृहिणी ने मन-ही-मन सोचा—सत्य रखे तो ठीक—अन्यथा मैं ही नलिनी को लेकर काशी में रहूंगी! अभागिनी की इस जन्म की सभी साधें मिट गईं।

तब उन्होंने द्वारा खोलकर, मातू को बुलवाकर फिर द्वारा बंद कर लिए। मातू ही सौगात लेकर आई थी।

दोनों के आंसुओं का बड़ी देर तक विनिमय हुआ। किस तरह नलिनी का सुनहरा रंग काला पड़ गया, किस अपराध पर सत्येन्द्र ने उसे पांवों से ठुकराया, कितने कातर कण्ठ से उसने सास को प्रणाम कहलाया—इत्यादि विवरण मातंगिनी ने खूब समझा-समझाकर, आंखें पोंछते-पोंछते गृहिणी को सुनाया। सुन-सुनकर गृहिणी का पहला स्नेह सौगुना बढ़ गया, पुत्र के ऊपर दारुण अभिमान उत्पन्न हो गया। मन-ही-मन उन्होंने सोचा—मैं क्या सत्य की कोई नहीं हूं? मेरी सभी बातें क्या उपेक्षा के योग्य हैं? मेरी क्या एक भी बात नहीं रहेगी? मैं फिर नलिनी को घर लाऊंगी। ऐसी लक्ष्मी की क्या ऐसी

दुर्दशा करनी चाहिए?' उसी दिन संध्या के समय, मां ने पुत्र को बुलाकर कहा–'नलिनी को ले आओ!'

पुत्र ने गर्दन हिलाकर कहा–'नहीं!'

मां रो पड़ी, बोली–'अरे, मेरी नलिनी के नाम पर गांव में कलंक फैल रहा है। तू उसका पति है–उसका सम्मान नहीं रखेगा?'

'कैसा कलंक?'

'इस तरह निकाल देने पर, और दूसरा विवाह कर लेने पर मैं किस तरह किसका मुंह बंद करूंगी?'

'मुंह बंद करके क्या होगा?'

'तो भी लाएगा नहीं?'

'नहीं!'

मां अत्यंत क्रुद्ध हो गई, किस प्रकार क्रुद्ध होना पड़ेगा एवं तब क्या बात कहनी होगी–इसे वे पहले से ही स्थिर कर आई थीं। अस्तु, कुछ सोचना नहीं पड़ा, बोली–'तब कल ही मुझे काशी भेज दो, मैं इस जगह एक पल भी नहीं रहना चाहती!'

सत्य अब वह सत्य नहीं है। सरला के आदर का धन, खेलने की वस्तुएं, शोक की चीजें–अन्यमनस्क, उच्चमना, सरलहृदय, प्रफुल्लवदन पति, नलिनी के बड़े यत्न और बड़े क्लेश से मन-लायक बना हुआ सत्येन्द्र नाथ अब नहीं रहा। उसने भी छाती पर पत्थर रख लिया है, लज्जा-शरम, हिताहित-ज्ञान सब कुछ खो बैठा है–वह अनायास ही बोला, 'तुम्हारी जहां इच्छा हो, जाओ। मैं किसी को भी अब नहीं ला सकता!'

सत्य के मुंह से यह बात सुनूंगी–मां ने ऐसा स्वप्न में भी नहीं सोचा था। वह रोती-रोती चली गई। जाते समय एक बार बोली–'मेरी बहू कुलटा नहीं है, इसे खूब जान लेना! गांव के लोग जो चाहे सो कहें, परंतु मैं उन पर कभी विश्वास नहीं कर सकती।'

दूसरे दिन बुआ ने सत्येन्द्र को बुलाकर कहा—'तुम्हारे एक स्नेही ने तुम्हें सौगात भेजी है, तुमने देखी है क्या?'

सत्य ने गर्दन हिलाई। बोला—'नहीं, किस स्नेही ने?'

'पता नहीं! बैठो, कपड़े वगैरह लिए आती हूं।'

थोड़ी देर बाद ही बुआ कपड़ों का एक बण्डल ले आई। सत्य ने देखा—बहुत मूल्यवान वस्त्र हैं। वह चकित रह गया। किस स्नेही ने भेजे हैं? बनारसी साड़ी को अच्छी तरह देखते-देखते उसने लक्ष्य किया एक कोने में कुछ बंधा हुआ है। खोलकर देखा—एक छोटा-सा पत्र है।

हस्ताक्षर देखकर सत्येन्द्र के मस्तक में छौंक-सा लग गया।

लिखा था—

'बहिन, स्नेह का उपहार लौटाना मत। तुम्हारी दीदी ने जो भेजा है, उसे स्वीकार करना!'

× × ×

उस रात्रि की पुष्प-शय्या, सत्येन्द्र के लिए कण्टक-शय्या हो गई।

नौ
नरेन्द्र बाबू का पत्र

युवक का अभिमान किसी बालक में देखा है क्या? सत्येन्द्र की भांति अभिमान करके, अनर्थपात करते हुए किसी बालक को देखा है क्या? बचपन में पुस्तक लेकर खेल किया करता था, तो पिता द्वारा सजा मिला करती थी। सत्येन्द्र नाथ! तुमने हृदय लेकर खेल किया है, दण्ड पाने का भय कभी होता है क्या?

तुम लोग युवक हो, सम्पूर्ण संसार तुम्हारे लिए सुख का घर है—परंतु बताओ तो, तुम लोगों को क्या कभी ऐसा समय नहीं मिला, जब

प्राण वास्तव में भार-रूप अनुभव हुए हों? जबकि जीवन की प्रत्येक गांठों ने क्लांत भाव से ढल पड़ने का उपक्रम किया हो? न मिला हो, तो एक बार सत्येन्द्र नाथ को देखो! घृणा करने की इच्छा हो, तो स्वच्छंद रूप से घृणा करो, मगर सहानुभूति प्रकट मत करो! घृणा करो, कुछ कहो मत—दया मत करो, मर जाएगा!

पापी यदि मर जाए, तो प्रायश्चित कौन करेगा? सत्येन्द्र के श्रांत जीवन का प्रत्येक दिन, एक-एक दुःसह बोझ ले आता है। सारे दिन छटपटाने पर भी जैसे उस बोझ को वह उतार नहीं पाता।

सत्येन्द्र को कभी-कभी लगता जैसे उसका वह अतीत जीवन पूर्णरूपेण विस्मृत हो गया है; केवल किसी भी प्रकार नहीं भूला है, तो यह कि उसकी साधों की नलिनी पवना में दुश्चरित्र हो गई थी, इसीलिए वह अपने पति द्वारा त्याग दी गई।

प्रायः दो मास बीत गए। सत्येन्द्र नाथ का विवाह हो चुका है। आज एक पत्र और एक छोटा-सा पार्सल आकर सत्येन्द्र के पास पहुंचा।

पत्र नलिनी के भाई नरेन्द्र बाबू का है। वह इस प्रकार है—

> सत्येन्द्र बाबू, अत्यंत अनिच्छा होते हुए भी जो आपको पत्र लिख रहा हूं, वह केवल अपनी प्राणाधिका बहिन नलिनी के लिए। मृत्यु के पहले वह बहुत-बहुत कह गई थी, इस अंगूठी को आपके पास फिर से भेज दिया जाए। आपकी नामांकित अंगूठी भेज रहा हूं। बहिन की इच्छा थी कि इसे आप अपनी नई पत्नी को पहना दें। आशा करता हूं, आप उसकी इच्छा पूरी करेंगे।....और मृत्यु के पूर्व वह आपसे विशेष अनुनय कर गई है कि उसकी छोटी बहिन क्लेश न पाए!

—नरेन्द्र नाथ

नलिनी के जब एक छोटा-सा बालक होकर मर गया था, सत्येन्द्र नाथ ने इस अंगूठी को उसके हाथ में पहना दिया था—वह बात याद आई क्या?

× × ×

सत्येन्द्र नाथ अब पवना नहीं जाते। जो भी कारण हो, माता भी काशीवास नहीं कर सकीं। नई बहू का नाम विधु। विधु शायद पूर्व-जन्म में नलिनी की बहिन थी।

❑❑❑